Herstellung und Verlag: BoD - Books on Demand
Norderstedt
Alle Rechte vorbehalten
© Erich Reißig
ISBN97838488230815

Unter den Plejaden

Roman

von
Erich Reißig

Handlung und Personen sind frei erfunden.

Tippfehler und andere gehen zu Lasten des Autors.

Ansichten und Aussagen zu politischen Zuständen, historischen Ereignissen und zu Personen sind den Charakteren des Buches zuzuschreiben. Es kann nicht Aufgabe des Autors sein, hier zensierend einzuschreiten, bildet die Literatur doch den einzigen Hort, an dem Meinung frei geäußert werden kann.

Am Fenster zischten Lichter vorbei, rabenschwarze Dunkelheit. Nacht stürzte über Wald, Feld, Straße und Schienenstrang. Räder jagten über Eisen hinweg, gepackt von der Kraft der Motoren. Er versuchte zu schlafen, was nicht gelang. Warum auch? Eine andere Stadt. Ein anderes Land. Leute. Menschen. Häuser. Bäche, die zu Tale rannen. Fort aus der Einfalt dieser Tage, an denen er keine Zeitung mehr aufschlagen konnte ohne an den Texten zu verzweifeln. Die neue Rechtschreibung in einem Land, in dem zwei Drittel der Bewohner Analphabeten waren und es bleiben wollten, denen es doch egal sein konnte, wie Worte geschrieben wurden. Kaum einer konnte zwei Sätze, geschweige zwei Gedanken miteinander verbinden. Eine Dose Bier aus der Reisetasche fischen. Immer die Furcht, dass er sich mit dem Verschluss die Haut aufschlitzen könnte. Acht Stunden noch. Acht Stunden sind ein Tag. Eine Nacht. Für ein halbes Jahr besaß er Geld, länger vielleicht, wenn er riskierte, dass sie ihm das Konto sperrten. Die Angst, was passieren würde, wenn er die Schulden nicht bezahlen konnte. Nur Tagelöhner lebten frei in den Tag hinein. Früher. Heute gab es keine Tagelöhner mehr, Hartz IV-Empfänger hießen die Menschen, die vom Brosamen des Sozialstaates lebten. Ob dieser, der dem seinen Namen gab, gut schlafen konnte? Wahrscheinlich. Was schert mich die Welt? Und jene, denen dies widerfuhr, gaben sich die Kante. Stolz, wenn sie eine Nacht schafften und noch einen Tag. Was hatte er gelernt? Nichts, was er in der Fremde würde brauchen können. Kaum einen Führerschein nannte er sein Eigen. Sein Eigen. Muskeln. Kraft. Als er einmal mit Escher auf ein Gerüst steigen sollte, schwindelte ihm nach den ersten fünf Sprossen. Gärtner. Straßenkehrer. Taxichauffeur. Die Unzulänglichkeit tragen wie ein hübsches Kleid. Ich kann tanzen wie ein Edelmann. Vorsprechen in irgendwelchen Redaktionen. Vier bis sechs Wochen dauerte es, bis Geld auf das Konto kam. Vorschuss. Zeigen, dass er nichts besaß. Das Zögern. Der Schweiß an den Händen. Die abschätzigen Blicke der Gegenüber. Ich war ja auch einmal jung. Warum wollte er sich nicht verwundbar zeigen? Nie mehr, nachdem es ihm einmal gelungen war, den Makel abzustreifen. In Indien, der Türkei sogar, galten Bettler als angesehene Leute. Bei wem und wie lange noch? Den Geschichten entrinnen. Sie logen, trogen sich und ihre Leser über das Elend hinweg. Hast du was, bis du was. Nichts zählte darüber hinaus. Kein Lied, kein Gesang. Keine Amsel am Morgen. Seid wie die Vöglein, sie säen nicht, sie ernten nicht und der Herr nährt sie doch. Seit der Mensch sich der Herrschaft bemächtigt hatte, schwärmten Tauben und Möwen verwirrt über Großstadtmüll. Raben und Krähen wurden von Autos überrollt. Amsel, Drossel, Fink und Star hingen in sterbenden Bäumen oder trieben an Flüssen und Bächen ihr törichtes Spiel, pickten Gift in ihr hübsches Gefieder. Wildschweinrotten verließen den Wald und fielen über Vorstadtgärten her.

Der Zug rauschte pfeifend an erleuchteten Bahnsteigen vorbei. Dunkle Gestalten warteten auf einzelnen Bänken, unterwegs zur Morgenschicht.

Einfalt und stille Größe. Einfalt war Blödheit geworden, und wurde nicht mehr als angemessen sich begnügen verstanden. Ist noch etwas angemessen, wenn alles vor Überheblichkeit strotzt in einem Kleid aus unbändiger Angst?

Auf dem Wege nach Aleppo. In dem Wirtshaus an der Straße von der Biskaya ins östliche Nirgendwo. War es wichtig, dass er wusste, in welchem Buch dergleichen eine Rolle spielte? Für ihn war es wichtig. Warum wollte er, dass irgendwer erfuhr oder ahnte, dass er dies wusste? Die Geschichte eines Menschenfreundes oder eines Fremden. Da gab es keine Unterschiede, wenn einer das Messer zog. Freund. Feind.

Er ging leichtfertig mit Worten um und machte sich auf, andere zu tadeln. Jetzt fuhr er gar in ein anderes Land, weil ihm das eigene nicht mehr genügte. Es gab für ihn kein Land, dem er vor den andern den Vorzug geben mochte. Deutschland, USA, Frankreich, England, Italien, die Sowjetunion, Russland wie es jetzt hieß mit seinen vielen benachbarten neuen Staaten. In dem einen war er geboren, hatte dort länger gewohnt als anderswo, doch könnte er wohl auch in

England leben. In China und Japan selbst. Möglichkeiten und Unmöglichkeiten sich durchzubringen. Die Sprache. Die Kultur. Das einfache Miteinander. Das war zu erlernen. Vielleicht würde er einmal als alter Mann Heimweh verspüren. Wonach? Heimat ist da, wo das Herz ist, wo man Menschen kennt, mit ihnen lebt. Das war auf der ganzen Welt möglich. Wahrscheinlich hasste er deswegen die Politiker so. Sie folgten nicht der Vernunft, dem Gewissen, sondern dem Gebot ihres Standes.

Diese verdammte Suche nach dem Deutschsein. Warum sollte er sich ausgerechnet mit den Deutschen verbunden fühlen? Aus Trotz hatte er sich eine Fahrkarte gekauft und war jetzt auf dem Weg nach Krakau. Schon hinter der Grenze zu diesem Nachbarland. Er wollte sich mit diesen Untermenschen verbrüdern, Sie sind auszurotten! Welch ungeheures Wort! Wer kam auf die Idee? Waren es einzelne, die solchen Gedanken folgten oder liebäugelten auch andere damit? Was war so besonders an ihnen, dass ausgerechnet sie überleben wollten?

Er kannte die Polen nicht, verstand ihre Sprache nicht und glaubte nicht daran, dass sie alle nur Autos stahlen. Er hatte es satt, die Welt ewig nur aus zweiter und dritten Hand zu erfahren und war in diesen Zug geklettert, gewarnt und mit Kopfschütteln bedacht von denen, die sich seine Freunde nannten. Hast du wenigstens ein paar Aufträge an Land gezogen? Versuch ein paar Reisebilder zu schreiben. Ein Stück Landschaft, Geschichte, Leben. Du hast doch hoffentlich darüber gelesen? Kann einer genug über irgendetwas lesen? Hast du Adressen, Kontakte? Du spinnst, so ins Blaue hinein. Warte, bis einer dich hinschickt. Dir die Reise bezahlt. So war er einmal nach Irland gefahren. Weit hinter Cork hatte er einen Alten getroffen und seinen Geschichten von irischen Partisanen aus dem Zweiten Weltkrieg gelauscht, wie sie mit den Nazis gegen die Alliierten kämpften. Das erste Mal, dass er dergleichen öffentlich sagte. Er war alt und durfte es nun. Sein Hass auf die Engländer war so groß, dass er auch den Bund mit dem Teufel nicht scheute. Wilhelm Jensen hatte einen merkwürdigen Brief im ersten

Weltkrieg veröffentlicht, den der Alte ihm als Abschiedsgeschenk in die Hand drückte. Muffig roch dieser Band. Nach dem Nebel, der zuweilen tagelang über die Insel trieb. Er gab eine andere Sicht auf die Welt, als er sie gelernt hatte in seinem Leben nach diesem zweiten Krieg. Der Alte hatte ihm noch viele Blätter, Fotos und Zeitungsausschnitte zugesteckt, die er auf der Heimreise verlor. Gut so. Oder nicht? Wollte er, der späte Enkel die Untaten seines Volkes verstehen, entschuldigen? Nein, das wollte er nicht.

Von der *great famine* hatte er in diesen Wochen gehört und gelesen, und die traumatische Angst der Iren vor dem Hunger verstanden. Heute lebten Softwareleute, Dichter und Banker – Bangster hatte er jüngst gelesen – auf der Insel, weil die Steuern niedrig waren. Seinerzeit, wie lang ist das her, hatte er noch den Krieg gegen die britischen Besetzer erlebt. Den Freiheitstraum in den biertrüben Augen der Männer gesehen. Die Alten verbrachten damit ihre Zeit und die Jungen gesellten sich zu ihnen in die rauchdunklen Pubs. Die Frauen ordneten den Tag, zogen die Kinder auf, ängstlich und stolz schauten sie zu wie sie Kämpfer wurden und gleichfalls verschwanden.

Die publizistische Einordnung des Freiheitskampfes ins Bewusstsein der Welt oder wie das hieß. Die verlogenen Sätze McCormicks. Wer war der Verräter in seiner Geschichte – der Vater oder der Sohn? Auch in den Kneipen New Yorks kann man den Verstand vertrinken. Der Kampf der Polen galt als gerecht in den Augen der westlichen Welt, jener der Iren nicht. Keiner weiß mehr. Und keiner kennt sich aus. Die absolute Verblödung der Gegenwart im *life style*. Postmodern streift der Mensch durch die Gassen, wenn er den alltäglichen Schwachsinn als ihm gemäß akzeptiert. Das Verschwinden der Menschheit im Cyberspace.

Es klopfte an der Abteiltür. Ein Kellner bot Tee, belegte Brötchen und Gebäck für den Morgen an. Nicht mehr lange und Cant würde am ersten Ziel seiner Reise sein. Er winkte ab, er wollte keinen Tee, noch etwas essen.

Seinerzeit, vor wie viel Jahren hatte er über Irland geschrieben und jetzt fragten sie ihn, ob er über Polen schreiben würde. Die, das heißt Angelika, Gert und die anderen hatten nichts verstanden, und er hatte ihnen nichts gesagt. So war er Schriftsteller geworden, er war veröffentlicht worden und nannte sich jetzt eben so. Jasmin hatte ihn Schreiberling genannt und sich zu ihm ins Bett gelegt. Sie lebte jetzt in Hamburg mit einem Maler zusammen und verdiente ihr Geld in einem lichthellen Büro an einem Computertisch.

Vor ein paar Tagen, fünf genau, hatte er ein vergilbtes Manuskript eines Bekannten gefunden „Throw well, throw Shell". Es gab also auch Geschichte vor der „Brand Star". Er fand es besser als sein „Grünes Feuerland". Schamlos war dieser Titel. Gesucht. Doch hatte ihm der Text einen Preis eingetragen und flugs hatte er an sein Talent geglaubt, an sein Leben und auch an sich selbst. Nun zog er nach Osten. Vielleicht war ein besserer und nochmaliger Anfang möglich. Mit zwanzig hat man noch Träume. Er hasste diese Zeit zwischen zwanzig und dreißig. Die Schwaben glauben, die Vernunft setze mit vierzig ein. Er hatte die Grenze bei dreißig gezogen.

Heute musste man mit Vierzig sein Schäfchen im Trockenen haben. Die erste Million besitzen. Lag darin die Weisheit der Schwaben, dass der Mensch mit vierzig erkennt, dass er auf solchen Unsinn, Millionen zu scheffeln nicht verfallen braucht? Politycki zumindest war kein Schwabe. Was ist schon ein Millionär, wenn er bloß besoffen dasitzt und singt „Ich bin der Toni aus Tirol".

Das nun wirklich nicht. Oder wünschte er sich Millionen, Milliarden sogar? Der Kameramann, den er neulich bei Bernd getroffen hatte. Es brauchte ein paar Biere, bis er erkannte, was hinter dessen elegant versoffenem Reden steckte. Nachdem die Fassade eingestürzt war, hätte er ihn umarmen mögen, trösten in seiner Angst. Eine halbe Million hatte er an der Börse gemacht, damit er alle zukünftigen Operationen bezahlen konnte, an Herz, Leber und Niere vielleicht. So viel Geld, weil er sich dem Schicksal nicht fügen wollte. Dem Tod von der Schippe springen. In der unglaublichen Kindheit seines Lebens empfand er Mitleid mit dem alten Mann und fragte sich, ob sie wohl alle so waren, ob das auf ihn wartete, ein Welt so ganz ohne Selbstvertrauen. Eine Welt ohne Gott. Als ihm jemand sagte, dass das Grün aus den Tomaten herauszuschneiden sei, weil es die Gesundheit beeinträchtige, untersuchte er postwendend die Scheiben und schnitt fortan das Grün heraus. Von seinem stolz verdienten Geld würde er nichts ausgeben können, weil er es als Sicherheit brauchte. Eine halbe Million als Sicherheit. Die Verachtung der anderen, die solche Sicherheit nicht besaßen. Es gibt sie nicht die Gleichheit der Menschen, dies ist auch eine falsche Auslegung der Ideale der französischen Revolution. Gleichheit wurde seinerzeit nur vor dem Gesetz gefordert. Alles andere war Zugabe und Interpretation von den Sturmvögeln der Revolution, die Anhänger brauchten, mit denen sie sich durch die Gassen treiben lassen konnten. Friede den Hütten, Sturm den Palästen! Die Gedanken sind frei. Wie rasch die Reaktion zuschlug, nachdem die Fehler erkannt waren, die im Beginn schon lagen. Der aufgeschreckte Adel auf der Flucht in die befreundeten Häuser des Auslandes. Die Mutter hatte erzählt, dass auch 68 die reichen Bürger und jene, die es werden wollten, sich tatsächlich fürchteten. Ein bisschen Stolz hatte in ihren Worten mitgeklungen. Verblasste Spuren vom Jugendtraum. Wie kläglich erschien ihm ihre Revolte, und immer kläglicher, wenn er die damaligen Wortführer in der Gegenwart anschaute. Freilich gab es gewisse Ähnlichkeiten, denn so wie der Adel seinerzeit die Revolution nie verzieh und seine Verachtung dem Volk gegenüber noch deutlicher zeigte, so auch das Bürgertum der Gegenwart. Es gab auch Unterschiede, denn während die 68er fast alle abschworen und weitschweifig, zuweilen schon erbärmlich um Verständnis warben, bewahrte das französische Volk, zwar auch erschrocken über die ungeheure Dimension seiner Gewalt, diese doch stets in der Gedächtnis und die Mächtigen wussten, dass sie wieder ausbrechen konnte, trieben sie es zu arg. Die Niederlage saß tief und der Erfolg blieb im Bewusstsein der Untertanen, gelangte aber nicht über den Rhein. Dort regierte und regiert der erhobene Zeigefinger und nach der 68er Revolte, konnte ein paar Jahrzehnte später ein Kanzler von Hausaufgaben schwafeln, was untertänige Schreiber sofort in den Zitatenschatz aufnahmen, anstatt in Gelächter auszubrechen. Was hatte sich verändert, seit dem „Let it be" der Beatles? Der Günstling von Wirtschaft und Bankenmacht wollte den Blick auf seine Machenschaften verstellen und alle ließen es geschehen und das Machwerk des Staates, dem er vorstand knisterte weiter an allen Ecken und Enden. Einmal, als die große Flut kam, stellte er sich, aus seinen Urlaubsort für ein paar Stunden angereist, zwischen die verstörten Opfer und tröstete sie damit, dass ihr Elend zumindest den Vorteil habe, dass alle sich nun als ein Volk fühlten. Die Betroffenen und jene anderen, die an der Zerstörung gut verdienten, klatschten Beifall. Es erhob sich kein Widerspruch. Vielleicht hörte keiner hin, so wie seit langen schon kaum noch einer hinhörte, weil keiner mehr sich noch den andern vertraute und jeder allein gelassen die Zeit überstehen wollte. Die Lebenszeit.

Ein Volk, ein Reich, ein Führer. Wie zerstört war dieses Land mit seinen Menschen? Warum? Jeden Morgen geht die Sonne auf. Schreibs auf Kisch, wenn du nicht selbst den eigenen Erwartungen nachschreiben willst. Hast du nicht auch mit der Zeit alles vergessen, Episoden nur noch eingefügt in das System, das gezimmert war, nachdem der Ruhm an die Tür gepocht hatte? Der Sprung vom Schiff in Australien seinerzeit und das lächerliche Ausschlachten des gebrochenen Beins. So überlistet man Weltgeschichte nicht. So wird aus Ohnmacht keine Macht. Der späte Enkel, der grippegeschwächt in ein viel zu kleines Auto gequetscht durch Polen rumpelte und das Land nur noch als Museum wahrnehmen konnte und eine andächtige Pause beim Ortsschild Oswiecim .... Auschwitz einlegte. Mit Gesten die Erkenntnis verstellen, sich huldvoll verbeugen vor der eigenen Teilhabe an der Macht. Der Kodex des Schreibens der Gegenwart, so hübsch anzuschauen, so fortschrittlich, verglichen mit den finsteren Zeiten des Mittelalters, die in barocker Wollust ihr Ende fanden.

Die Tasche ließ er im Bahnhofsschließfach. Er streifte die Jacke über. Es war frisch in Krakau, roch nach Regen. Ein viel versprechender Beginn. Vielleicht hätte er nach Warschau weiter fahren sollen, doch er war neugierig auf die Kellerkneipen und die Kaffeehäuser dieser Habsburgerstadt. Die Kirchen interessierten ihn nicht. Plakate zu Schindlers Tour stachen ihm in die Augen. Offensichtlich wurde der Film noch immer vermarktet oder das, wovon er erzählte. Er hatte ihm gefallen, Schon merkwürdig, dass der Privatsender die zwei Teile ohne Werbunterbrechung gesendet hatte. Da funktionierte etwas. Vielleicht war gerade dies der Werbegag des Senders. Achtung vor dem Sterben der vielen war es gewiß nicht. Dafür schwelgte das übrige Programm zu selbst-verständlich in Mord und Totschlag, vielleicht wurde rein geschäftlich spekuliert und bei dem damaligen Versuch sein Fernsehimperium auszubauen, mochte der deutsche Tycon die Juden als einflussreiche Partner und Gegner im Blick gehabt haben. Nobody knows. Besser, er dachte nicht darüber nach. Der intellektuelle Selbstmord der Deutschen durch die Vernichtung und Vertreibung der Juden aus ihrem Geistesleben war Strafe genug. In ihrem Hochmut hatten sie bis heute nicht wahrgenommen, was geschehen war. Elend sämtliche Diskussionsrunden und die Pfennigfuchserei bei der Entschädigung der Überlebenden. Sie erhielten Almosen, unwillig und laut, und die anderen Opfer konnten vergessen werden. Die Vernichtung der Juden war der deutsche Versuch sich der Aufklärung und ihrer Folgen zu entledigen. Die nicht gewagte Befreiung des Ich musste mit Massen-mord enden. Nur als Komplize fand der eine des andern Blick fortan.

Fort. Fort. Er brauchte Abstand um dies wieder oder überhaupt ertragen zu können. Die rasende Tüchtigkeit, die nicht aus offenem Herzen kam. Das kippende Reden. Wie gern hatten sich die Rebellen von 68 bald wieder hineingefügt in die Dumpfheit des Nestes, die ihnen die Alten bereitet hatten. Nun hatten sie ihr eigenes geschaffen, schlau und bösartiger, als das der Eltern war, und wüteten mit feisten Gesichtern gegen die nächstfolgende

Generation, weil die den Funken der Revolte nicht weitertrug. Welche denn? Ihr jämmerliches Geschwätz über erlittene Wunden und begangene Irrtümer und die Folgen daraus. Wehe, wenn man den Kopf hob und sie anschauen wollte, jetzt wo sie selbst zu Macht und Einfluss gekommen waren.

Er kannte die fünfziger Jahre nur aus Büchern und Filmen, die Neunziger hatte er erlebt, der Unterschied in der Verleugnung von Wagnis und Schuld wollte ihm nicht aufgehen. Hier wie dort, das kannst du nicht verstehen, bist nicht dabei gewesen. Wir. Wenn es um Verantwortung ging, war keiner der Täter. Da schwadronierte jeder von Zukunft und Gegenwart. Laut, protzend und ein bisschen gewalttätig, damit niemand mit leisen Fragen ihm und sich in die Quere kam. Did you ever feel the pain /That he felt upon the cross /Did you ever feel the knife /Tearing flesh that's oh so soft/Did you ever feel the blast /As the semtex bomb goes off /Do you ever hear the screams/ As the limbs are all torn off. Fragen sind stets leise. Alles was taugt, ist leise. Lärmend und laut dagegen das Böse, das seine Ohnmacht übertönen will. Darin glich Hitlers Versuch, Europa zu unterwerfen dem heutigen von Microsoft, bei dem gleich die ganze Welt unterworfen werden soll. Do you feel the final hours /Put down paradise as lost/Yeah you're blinded by rainbows /And faces in windows /Blinded by rainbows. Jaja Herr Balmer, nur immer feste Bellen, damit keiner zum Nachdenken kommt. Welch freche Selbstüberschätzung und Verachtung der anderen. Wie fügsam der Mensch und geduldig das Fleisch.

Um die Ecke bog eine Horde Jugendlicher mit israelischen Fahnen auf ihren Schultern. Auch sie unschuldig dumm. Sie wussten nicht oder doch, was sie anrichteten. Einige erwiderten seinen Blick. Ob sie erkannten, dass er ein Deutscher war. Oder ein mitschuldiger Pole? Sie hassten beide. Wie gerecht verteilt ist zuweilen Schuld. Später, wenn das Schreckliche geschehen ist, gebietet es die Vernunft zu schweigen. Je länger er darüber nachdachte, desto sicherer wurde er. Durfte geschwiegen werden, musste geschwiegen werden, weil jeder Satz in sein Gegenteil verkehrt und missbraucht werden konnte. So überließ man ihnen die Welt. Man gab ihnen nicht Recht, widersprach aber auch nicht, so dass sie sich im Recht wähnen konnten. Es durfte nicht geschwiegen werden, in keinem Fall, denn jedes Verschweigen rächte die Geschichte. Immer und zumeist verquer. Es war, ist Aufgabe der Intellektuellen zu sprechen. Es ist Teil ihrer Existenz und auch der Vorteil, den sie daraus zogen. Auch der Nachteil.

Wie leicht sich Geschichte umschreiben lässt. Die Ohnmacht der Skribenten. Die Macht der Genauigkeit.

Zwei Gruppen Israelis begegneten ihm auf seinem Weg zum Zentrum, ansonsten nur einzelne Leute, die ebenso oder anders die Sturmtruppen umsteuerten, ihnen vermutlich vertrauter als ihm. An den Busstationen und Straßenbahnhaltestellen stauten sich die Menschen. Erst jetzt, nachdem er schon eine Zeitlang gegangen war, fiel ihm auf, dass hier wie daheim die Fahrbahnen und Straßen-ränder mit Autos voll gestopft waren. Der Verkehr quetschte sich hupend, brummend, röhrend und tuckernd über den Asphalt.

Die gleichen Marken, die gleichen gelangweilten oder erschrockenen Gesichter hinter den Scheiben, falls man sie denn ausmachen konnte, denn auch hier bevorzugte man die Volltönung. Es gab was zu verbergen und wenn es nur das eigene Gesicht war. Dieser Pest war er also nicht entkommen. Vermutlich fraß der Tod auf den Straßen die Bevölkerung des Landes inzwischen kleinstadtweise und die übrigen ließen sich einreden, dies sei Freiheit und Lebensgefühl. Das kleine Glück in schwarz gepanzerten Limousinen im Getümmel von Blech, Plastik und Glas. Ein Prosit der Gemütlichkeit.

Taschen trugen die Menschen hier andere und auch mehr als daheim. Erst auf den Zugangsstraßen zur Altstadt, wo die Autos weniger wurden und ihr Gedröhn aus dem Vordergrund hinter die Ecken wich, aufheulend zuweilen, damit keiner sich etwa in Sicherheit wähne, denn auch in den engen Gassen fuhren und standen überall diese geschleckten Exemplare von Pkw und Lieferwägen, wollte er behände ausschreiten. Doch ein ranziger

Laster schleppte sich über das Pflaster. Vielleicht alter Zeiten bedenkend, als er noch allein auf den Straßen zu sehen war, machte er rußröchelnd und laut auf sich aufmerksam. Jetzt störte er tatsächlich. Selbst den Gang der Geschichte hielt er auf, weil keiner an ihm vorbeikam, da der Fahrer irgendwie sein Gefährt in die schmale Gasse hineinbugsiert hatte und nicht weiterkam, weshalb er sie rückwärts wieder verlassen wollte, was aber nicht gelang, weil hinter ihm schon andere standen, die gleichfalls hineinwollten und nun, sobald er Gas gab, in einer Wolke von Ruß verschwanden, was sie aber nicht gänzlich verschwinden, sondern nach Sekunden brüllend wieder auftauchen ließ.

Der Lasterfahrer gab erneut Gas, aus den Wolken hörte man nur Röcheln und wie Blinde stocherten sich die ersten Fahrer aus ihrem Pkw, ihr Versuch sich nach vorne durchzukämpfen und dem Fahrer Bescheid zu geben scheiterte kläglich an den Wolken, die nun stoßweise kamen je nachdem er Gas gab, denn der Fahrer gleichfalls wütend oder auch nur im vollen Bewusstsein seiner Macht schickte unter dem Höllenlärm seines krächzenden Motors immer neuen Ruß nach hinten als wolle er mit diesen den Weg frei räumen, vielleicht auch aus Verzweiflung, dass er sich in diese Lage manövriert hatte, aus der er nun nicht mehr herauszukommen wusste. Ewig und drei Tage würde er mit seinem Gefährt hier stecken bleiben, alles und sich einnebeln, verschwinden aus der Zeit.

Aus Lärm und Ruß tauchten einzelne Wortfetzen auf, die Cant erkennen ließen, dass diese Rechtschreibreform in der Tat ein gewagtes Unternehmen sein konnte, denn so wie der Hörende zuweilen und eigentlich sogar fast immer ins Antlitz, auf den Mund oder ins Auge schauen musste, um aus unverständlichem Geplapper oder barbarischen Lauten sinnvolle herauszublicken und picken, die sich als vernünftige Laute der menschlichen Sprache zuordnen ließen um sie dann im eigenen Gehirn, in dessen Sprachzentrum in eine halbwegs verständliche Botschaft zusammenzusetzen, was nicht immer leicht war, weil hinzugefügt und weggelassen werden, also alles in einen vernünftigen Zusammenhang gebracht werden musste, denn jeder auch der Unscheinbarste wollte ja heutzutage von den anderen verstanden werden, ein ziemlich unsinniges Unterfangen, weil sich ja leicht feststellen ließ, dass die meisten nicht einmal sich selber verstanden, wie also hätten sie erwarten können, dass sie ein anderer verstünde oder sie ihn.

Alles eben ging leichter oder weil es eben nicht funktionierte so deswegen, weil neben dem akustischen Kontakt auch der optische versagte, zumindest oft nicht optimal war, getrübt vielleicht, was so ähnlich ist, wie wenn beim Schreiben ein Wort, das normalerweise und solange man sich erinnern konnte eben in einer bestimmten Buchstabenfolge geschrieben worden war, die, wenn sie nicht mehr vorhanden war, darauf hindeutete, dass es sich um ein anderes Wort handeln könnte oder eben um dieses nur falsch geschrieben, was dann der Blödheit des anderen, der es aufgeschrieben hatte oder besser versucht hatte, es aufzuschreiben, nach seinem Vermögen eben, wer hat schon Vermögen, wenn einer eines hat, dann gibt er wenig oder eigentlich nichts von eben diesem Vermögen her, so dass meistens nur Unvermögende schrieben und wie sollten diese sich verständlich machen können, wenn nun auch noch die Buchstaben-folgen verändert worden waren, so dass nun richtig war, was früher falsch war und umgekehrt, dass man also neben den Möglichkeiten, dass ein Wort ein anderes sei oder doch dies aber nur eben falsch geschrieben nun noch bedenken musste, es könne sich durchaus auch um eben dieses handeln nur eben nach den neuen Regeln geschrieben, wobei erschwerend hinzukam, dass wiederum auch hier sich hätten Fehler eingeschlichen haben können und, auch dies war nicht auszuschließen, dass es sich auch nach den neuen Regeln um ein ganz anderes Wort handeln könnte oder man kann sich eigentlich gar nicht recht klar machen wie verzwickt die Welt ist, um eines, dass durchaus noch korrekt nach den alten Regeln geschrieben worden war, denn in den ersten Jahren sollte es ja eine Übergangszeit geben in der beide Regeln nebeneinander bestehen sollten, allerdings nicht ganz gleichwertig, schon mit der Tendenz eher zu den neuen Regeln, denn die sollten ja die alten ablösen, so dass eben die eine Regel auch in dieser Übergangszeit ein weniger gleicher war als die andere, wie überall im Leben oder sagen wir in der Demokratie, die ja im ursprünglichem Sinne eine Gemeinschaft von Gleichen war oder sein sollte und von der jeder weiß, dass dies nicht stimmt, genau wie bei den Regeln, weil die einen eben schon nicht mehr oder immer weniger stimmen, was zu vergleichen ist mit dem Einfluss des gemeinen Volkes im Staat, der vom Prinzip her eigentlich in jedem seiner Teile ebenso groß sein sollte wie der jener dünnen Ölschicht, die auf dem Meer des Volkes schwimmt und in seinem bunten Schillerkleid den Blick unter die Oberfläche verhindert, was zu dem fatalen Ergebnis führt, dass sich nicht mehr ausmachen lässt, ob der Einfluss dieser dünnen Schicht ebenso gleich ist wie jener des Untergrundes, also der des gemeinen Volkes, das ja eigentlich die Mehrheit ausmacht und folglich auch was mitbestimmen sollte nach seinem Willen, was aber offensichtlich nicht immer der Fall ist, denn eine Mehrheit ist leichter gefügig zu machen als ein einzelner Mensch, obgleich es auch dafür schon lange erprobte Methoden gibt und auch täglich neue ersonnen werden, allerdings werden diese nun ebenfalls nicht gleich und immer gleich angewandt, folglich hier wie da keine Gleichheit besteht und bei den zuweilen noch gleichen alten von den neuen Regeln diese nun wieder ungleich richtiger waren als wären sie die alten, weil sie eben den Vorteil der Neuheit hatten oder eben der Jugendlichkeit, denn in der heutigen Zeit zählt Überzeugungskraft und Spontanität der Jugend tausend Mal mehr als die Weisheit des Alters, die seit langem schon als Blödheit erkannt worden ist, weswegen die Alten zunehmend in Heime weggesperrt wurden, die allein schon der täglichen und monatlichen Kosten wegen durchaus nur mit Narrenburgen zu vergleichen waren, denn nur Narren konnten dergleichen Summen zum Fenster hinauswerfen oder eben in die Taschen der Betreiber solcher Betriebe und das allein deswegen, damit sie den eigenen Kindern nicht mehr und vor allem nicht ewig auf den Wecker gingen mit ihrer unnützen Weisheit, Gleiches galt für Nachfahren und zuweilen auch Mitfahren, etwa dann wenn der

Bruder den Bruder wegsteckte und die Schwester oder der Mann die Frau, weil die nicht mehr spontan jugendlich sein wollte oder konnte oder die ihm einfach nicht mehr in den Kram passte, nachdem sie in letzter Zeit nach jedem erfolgreichem Geschäftsabschluss permanent genölt hatte. Es musste doch allmählich auch vom Spatzenhirn dieser blöden Gans begriffen werden, dass die moderne Volkswirtschaft nur funktionieren konnte, wenn anderweitig Abstriche gemacht wurden und da ließ sie nun immer dreister und spontan die Spendenquittungen für Greenpeace auf ihrem Barockspielzeugschreibtisch liegen. Es war sowieso das Allerletzte und nur auf die lasche Haltung der Berliner Pappkameraden zurückzuführen, dass diese radikalökologischen Terrorgruppen überhaupt Spendenquittungen ausstellen durften. Ein Witz der Weltgeschichte. Wachstum und Geld allein konnten garantieren, dass man und die jetzt Jungen später dem Elend des Alters entfliehen konnten, was freilich immer nur wenigen gelingen würde, weil in Zukunft die Unnützen noch weniger gebraucht werden konnten, denn es war ja schon abzusehen, dass die Kosten stiegen und folglich mehr verdient werden musste und zwar rechtzeitig und nicht erst, wenn's zu spät war.

Die ganze Zukunft lag im Nebel, genauso wie die Gasse in der dieser alte Laster klemmte, die zudem mit Gestank, Plärren und sonstigem angefüllt war, wobei freilich keiner ausmachen konnte, wo eigentlich der steckte, der schrie, und wenn einer schrie und derselbe nicht mehr davon ausgehen konnte, dass man ihn als Urheber wahrnahm und Aufmerksamkeit schenkte, so war es nachgerade kein Wunder, dass er noch lauter schrie, also brüllte, was die Stimmbänder nur hergaben. Ein Höllenspektakel das Ganze, dessen komischer Zug einer Kirche glich, wobei natürlich eine Kirche kein Zug sein kann, auch wenn in ihr wie in ihm sich zuweilen manchmal unterschiedliche, zuweilen die gleichen Menschen auf Reisen befinden mit dem ebengleichen unsicherem Ziel, denn während die einen zwar glaubten, irgendwohin zu kommen, sich dessen aber nicht sicher waren, weswegen einige beständig zum Gottesdienst liefen, waren die anderen sich zwar ihres Zieles sicher, doch fingen sie an, immer weniger daran zu glauben, es erreichen zu können, weil die Strecken der Eisenbahn immer rascher zugunsten unsinniger Straßen eingestellt wurden. Es konnte inzwischen passieren, dass einer eine Fahrkarte kaufte, in den Zug einstieg und sogar abfuhr und während der Fahrt feststellen musste, dass die Strecke eingestellt und die Schienen schon aus ihrer Verankerung gerissen wurden, während der Zug noch fuhr. Über den Weg der Heutigen lässt sich folglich kaum noch genaues sagen, erst hinterher, wenn sie im Grabe liegen.

Am lautesten brüllte der Lastwagenfahrer, der zwar noch nicht im Grabe noch im Graben lag, aber mit seinem Gefährt schon und noch immer in der Gasse steckte. Sein Schreien war mit Flüchen und Verwünschungen gemischt, was, weil in der Nähe eines Gotteshauses, und sollte jemand das Ganze von Ferne beobachten, er dies nicht nur laut sondern auch ganz besonders verwerflich ausmachen musste, denn dieser jemand, er mochte aus dem Fenster nach der Ursache all dessen schauen, bekam wegen des Rauchs logischerweise von dem fatalen Geschick des Lastwagens nichts mit, sah also nur die Kirchturmspitze und musste das höllische Fluchen mit dem Gotteshaus in Verbindung bringen, und dies mitten oder fast mitten im katholischen Krakau, in der alten Hauptstadt der Piasten, exakt im Herzen des Landes also, dessen Hauptstadt, und dies mochte den Frevel mindern, von den Jagellonen weichsel-abwärts nach Warschau verlegt worden war, so dass Krakau nun mit der Niere oder vielleicht auch mit der Blase des Landes vorlieb nehmen musst, was aber keiner laut aussprach, wie hört sich das auch an Blase des Landes. Leber und Milz wäre da fast besser, wobei natürlich, gleichgültig wie sich was anhört, immer zu bedenken ist, dass ohne Blase, Leber, Milz oder Niere kein Mensch gesund sein kann. Ob allerdings jener Beobachter noch an die Gesundheit jener da unten in dem Rauch und Gestank, auch dieser sollte zu ihm heraufdringen, denn Gestank breitet sich bekanntlich ebenso aus wie alles andere, glaubte, lässt sich bezweifeln, obgleich ja die

Verursacher solchen Übels den Betroffenen stets einreden wollen, dass gleichgültig immer, was sie auch ablassen an eben diesen, es selbstverständlich nicht gesundheitsgefährdend sei und selbst, wenn schon hunderte krank oder umgekommen waren, fanden sich stets Experten, die andere Ursachen belegen als die offensichtlichen, was ein Grund dafür war und ist, warum die Industrien der westlichen Staaten erhebliche Wettbewerbsnachteile gegenüber jenen anderer Staaten beklagen müssen, denn ihre Lügen sind ausgesprochen kostenintensiv, weil nämlich diese Experten sich ihre Gutachten teuer bezahlen lassen, was nun aber nicht grundsätzlich ein Problem für die Unternehmer ist, weil sie nämlich fast immer selbst die Experten sind oder im Falle, dass ein Unternehmer mehrere Kinder hat, ein Umstand, der in Zukunft immer häufiger eintreffen wird, weil sich nur noch Unternehmer Kinder leisten können, der eine Sohn eben Unternehmer wird und Dreck absondert und der andere Experte, der erklärt, dass der sauber ist, wenn er Töchter hat, geht's genauso, weil, wie jeder weiß, im Zuge der Gleichberechtigung und dem damit verbundenen Aufstieg der Weiber in die Führungsetagen, eine gewisse Verweiblichung der Werte eingesetzt hat. Historisch belegen lässt sich der Begriff Verweiblichung freilich nicht, er entspricht eher dem Zeitgeistgefühl, und Gefühle können täuschen, es ist sogar zu vermuten, dass er überhaupt nicht stimmt, allerdings ist es im derzeitigen Machtgefüge nicht geboten von menschlich statt männlich zu sprechen, denn als gelegentlicher Besucher oder Betrachter von Parteitagen der Grünen, weiß man, was es bedeutet, wenn an allen Ecken und Enden des Saales die weiblichen Delegierten mit Nadel und Faden hantieren, das ist nicht deswegen, weil sie unbedingt noch einen Pullover oder Schal bis Weihnachten brauchen, sondern weil sie die Nadeln herzeigen wollen und da können die männlichen vorne auf dem Podium noch so feste von Harmonie reden, sie müssen sich gefügig zeigen, was sie freilich in der Beliebtheitsskala des Landes äußerst erfolgreich macht. Lasse sich keiner von gelegentlichen Tränenausbrüchen täuschen und auch nicht von den Anhimmlungsgebärden, früher dem Joschka gegenüber oder anderen, sie alle wissen um die Nadeln, und wenn nicht um diese, so doch, dass in fast jeder Handtasche zumindest eine Nagelfeile zu finden ist, dem setzen höchstens noch die Bayern etwas entgegen, wenn sie die Lederhose anziehen und dann den Hirschfänger einstecken, aber auch die haben Weiber daheim. Trotzdem bilden die Bayern eine der letzten Bastionen der Männlichkeit in der Welt. Wenn sie nur nicht so saufen würden. Es gehört zur Komik der Gegenwart, dass von gewissen Kräften immer heftiger gegen Genmanipulation und die dazu gehörigen Freiluftversuche an Mensch, Tier und Pflanze gewettert wird und sich keiner über den seit der Industrialisierung stattfindenden globalen nicht mehr Versuch sondern die tatsächlich stattfindende Herstellung des neuen Menschen und seiner Umwelt aufregt. Lasst einen der Heutigen vergangene Luft atmen und etwas zu sich nehmen, was seinerzeit alltäglich war, wobei natürlich auch nicht für alle alles seinerzeit alltäglich war, auch damals konnten sich beileibe nicht alle alles leisten, woran zu ersehen ist, das es trotz allen Fortschritts in der Menschheitsgeschichte auch Stillstand gibt, nähme also einer der Heutigen etwas von Gestern zu sich oder ein, dann wäre sein Morgen auf ewig dahin. Das lässt sich hübsch aufschreiben, sollte aber eigentlich nicht Sinn und Zweck von Entwicklung oder Fortschritt sein, doch offensichtlich ist es so. Offensichtlich war in der Gasse nichts. Eher undurchsichtig alles.

Er wollte nicht warten bis der Nebel sich gelichtet hatte und lief durch eine Seitengasse und noch eine andere und kam schließlich auf einen großen Platz. Dort schien die Sonne. Vielleicht existierte die Gasse gar nicht mit ihrem Gestank und Lärm, diese Hölle inmitten einer bürgerlichen Welt, wobei natürlich zu bedenken ist, dass den Orientalen die Hölle als Wüste erscheint, was zur Folge haben könnte, dass je mehr Orientalen im Abendland ansässig werden sich dann auch bald die Vorstellung von Hölle ändern könnte, was wahrscheinlich wäre, nachdem selbst Herbert

Rosendorfer erkannt hatte, dass nach dem Kommunismus der Islam das zweite oder zeitlich betrachtet das erste unmenschliche System war. Dergleichen Meinungen und Aussagen sind gefährlich und es ist nur auf die Unkenntnis und das nicht vorhandene Interesse der und eben dieser Muslime an deutscher Literatur zurückzuführen, dass den Verkünder solcher Meinung nicht ebensolcher Bannstrahl traf, wie andere, was aber auch beweist, dass nach massenhafter Einwanderung und zunehmender Verschleierung ihrer Weiber – sind die so grauenhaft oder sollen sie bloß die blauen Flecken verstecken von den Prügeln, die sie einstecken müssen, wenn sie sich nicht fügen? – sie ihre Absichten nicht mehr verschleiern; sie wollen die Deutschen nicht unterwandern sondern einfach übervölkern. Verständlich, wenn man überlegt, dass Kinder machen vergnüglicher ist als Büchermachen oder ebensolche lesen, wobei die Frau Heidenreich keine Karriere mehr machen sondern nur noch lesen will, was eigentlich nicht zu verstehen ist. Heutzutage macht der Mensch Karriere oder er ist nicht.

Der Markt war eingebettet in ein Häusergeviert mit einem länglichen, gelben Bau, den Tuchhallen in seiner Mitte, in dem in zahlreichen Verkaufsständen allerlei Nützliches und Krimskrams verkauft wurden. An der Außenseite einer Kirche gegenüber, deren ungleiche Türme ihm auffielen, gab es ein Café, hübsch eingezäunt mit Tischen und Stühlen und Leuten, die aßen und tranken. Er setzte sich dazu und bestellte ein Bier. Was der befrackte Kellner ohne zu zögern verstand. Es schmeckte wunderbar, ganz anders als er erwartet hatte, nachdem ihm doch auslands- und ostblockerfahrene Bekannte mitgeteilt hatten, dort könne man kein Bier nicht trinken, sondern nur Schnaps und den gleich kübelweise, was vor allem die Einheimischen machten, damit sie ihre elende Wirklichkeit nicht wahrnehmen müssten. Kein Wort wahr. Man konnte und Kübel gab's auch keine. Ihre Analyse stimmte also nicht oder alles hatte sich nach den Reformen verändert. Die Leute an den Tischen sahen recht zufrieden aus, vermutlich waren es Touristen oder die Eltern der Kinder, die scharen- und rudelweise den Eismann und den

Zuckerwattekarren umstanden, die mobilen Kioske, die wie er sah, Minilastwagen waren, also von ganz anderem Ausmaßen, als jener, der in der Gasse festgeklemmt rauchte und stank. Aufgrund ihrer geringeren Abmessung hätten sie diesbezüglich kein Problem. Die Fahrer derselben natürlich und nicht die Lastwagen. Das ist ja klar. Für einen Fuhrunternehmer ist es immer einfacher Lastwagen zu kaufen als Fahrer einzustellen, erstere gibt es in allen Varianten aus Blech, Plastik und Holz, da ist alles formbar, das Problem sind die Fahrer, die lassen sich zwar biegen und verbiegen, aber irgendwann zeigen sie eine gewisse Verdrossenheit und Renitenz und fahren ihre Maschinen zu Schrott oder lassen sie in einer Gasse stecken und gehen einfach davon. Eine Anzahl Kinder hockte auf den Stufen zu einem Denkmal, das sich mitsamt Figur auf dem Platz erhob. Zwischen allem stolzierten und flatterten Tauben, und das unterschied den Platz und die Stadt kaum von jenen anderen, die er im Laufe seines Lebens betreten oder besessen hatte. Jäh und eckig stob ein Schwarm Spatzen hinter den Hausfassaden die Kirche entlang, jagte über den freien Raum, verschwand, bis aus einer unerwarteten Ecke neu hervorbrachen. Er hatte gerade das zweite Bier geleert und ein frisches geordert, als oben in einem der beiden ungleichen Türme, jemand das Fenster aufstieß und anfing Trompete zu blasen. Zwölf Uhr? Offensichtlich geschah dies jeden Tag, denn in den letzten Minuten waren Passanten stehen geblieben und hatten erwartungsvoll erst auf die Uhr, dann zu den Türmen hinaufgeschaut und ihre Fotoapparate und Videokameras gezückt. Bevor freilich richtig fotografiert werden konnte, die Brennweite der Kameras eingestellt war, brach der Trompeter mitten im Spiel ab und verschwand im Dunkel des Turms. Kurz darauf erklang seine Weise aufs Neue, nun aus einem anderen Fenster, das vom Platz nicht einzusehen war, so sehr die Hinaufschauenden ihre Hälse auch verrenken mochten. Ein Schelm? Ein alter Mann am Nebentisch, der sein Minenspiel bemerkte, rückte zu ihm her, und nachdem er, was er ahnte, bestätigt fand, dass er einen Ausländer vor sich hatte, einen Studenten, wie er wohl dachte, und so dass kein Raum zum

Widerspruch blieb, begann er in einem höchst seltsamen Gemisch aus Polnisch und Deutsch die Umstände dieses wunderlichen Trompetenspiels und der beiden unterschiedlichen Türme zu erzählen. Demnach hatten zwei tatarische Brüder den Bau der Kirche unternommen um den christlichen Glauben mit einem prächtigen Gotteshaus in Polen zu etablieren. Hier wie überall waren es die Ausländer, die den stets etwas tranigen Einheimischen auf die Sprünge halfen. Die Welt ist rund und an unterschiedlichen Punkten ähnlich, wobei zuweilen von Ecken die Rede ist, was befremdet, denn eine Kugel sollte eigentlich keine Ecken aufweisen. Außerdem war die Erde keine Kugel, sondern eher einer Kartoffel ähnlich. Das zu wissen gehörte zur Allgemeinbildung, wenn auch in diesem Fall die Bildung der Sehnsucht des Menschen nach Schönheit einen Dämpfer aufsetzte. Wer lebt schon gerne auf einer Kartoffel? Vermutlich doch bloß der Kartoffelkäfer, und der galt den Bauern als Schädling. Aber auch eine Kartoffel hat keine Ecken und Cant erschien es immer höchst verwunderlich, wenn er Leute von besonders schönen Ecken ihres Landes schwärmen hörte, die es doch eigentlich gar nicht geben konnte, gleichgültig, ob jetzt die Erde eine Kartoffel oder aber eine Kugel war. Vielleicht wurde hier dreidimensional mittels Sprache etwas versucht, was der Wissenschaft im zweidimensionalen Raum partout nicht gelingen wollte, nämlich die Quadratur des Kreises. Hawking weiß auch nicht alles und Crichton hat mächtig von ihm abgeschrieben oder war es ein anderer? Das hätte er nachprüfen müssen, aber die Tasche steckte im Schließfach und enthielt keine Bücher, die hatte er daheim gelassen. Zuweilen ist das ärgerlich, wenn man genau zitieren will. Beim Bau dieser Kirche existierten die städtebaulichen Verordnungen und Vorstellungen noch nicht, die heutzutage überall unserem Planeten sein trübseliges Nichtgesicht aufdrücken. Ausnahmen bestätigen die Regel, denn natürlich muss man den Golfstaaten und auch gewissen aufstrebenden Nationen wie etwa China und anderen attestieren, dass sie mithilfe westlicher Stararchitekten zuweilen auch etwas hinstellen, das beachtlich ist.

Über dergleichen hat seinerzeit Friedrich Rückert geschrieben. Ein paar Zeilen dieses Gedichtes hatte Cant auswendig gelernt:

„Chider, der ewig junge sprach: Ich fuhr an einer Stadt vorbei, ein Mann im Garten Früchte brach; ich fragte, seit wann die Stadt hier sei? Er sprach, und pflückte die Früchte fort: Die Stadt steht ewig an diesem Ort, und wird so stehen ewig fort. Und aber nach fünfhundert Jahren kam ich desselbigen Wegs gefahren. Da sah ich keine Spur von der Stadt; ein einsamer Schäfer blies die Schalmei, die Herde weidete Laub und Blatt; ich fragte, wie lang ist die Stadt vorbei? Er sprach und blies auf dem Rohre fort; das eine wächst, wenn das andere dorrt: das ist mein ewiger Weideort."

Allerdings wird heutzutage nicht mehr für die Ewigkeit gebaut. Wie denn auch, wenn keiner daran glaubt? So stellt man Stein auf Stein oder welches Material auch immer, und weiß, dass alles nach fünfzig Jahren wieder einfallen wird. Damals war das anders. Rückerts Gedicht war noch nicht geschrieben und die Brüder wollten Dauer und zudem einander übertreffen und wo hätten sie dies besser tun können als bei der Höhe der Türme. Im Fortschreiten des Baues gerieten sie in rasende Wut aufeinander, so dass schließlich der eine den andern umbrachte, ihm genauer, während er gerade auf seinem Turm Trompete blies um lauthals zu verkünden, dass sein Turm der höhere sei, einen Pfeil in die Gurgel jagte, so dass nicht nur er, sondern auch das Trompetenspiel plötzlich erstarb. Nun ergab es sich, das just zu dieser Zeit offensichtlich andere Tataren vor der Stadt waren, weil sie diese gerade belagerten. Als diese nun sahen, dass die Belagerten einander abschossen, rannten sie voller Schrecken in ihre Steppe zurück in der irrtümlichen Annahme, die Bewohner dieser Stadt brächten einander aus lauter Übermut selber um, um damit zu zeigen, wie sie denn einmal mit den Belagerern verfahren würden, sollten sie auch nur einen Fuß in die Stadt setzen. Damit freilich schien die Geschichte noch nicht zu Ende, denn der Alte zog ihn, kaum hatte er sein Bier ausgetrunken und die Zeche beglichen zum Durchgang der Tuchhalle und zeigte zur Decke. Er stutzte kurz, sprach dann von einem Dolch, der da hätte hängen sollen, aber nicht hing, weil da vor kurzem restauriert worden war und danach hatte man wohl vergessen den Dolch wieder anzubringen. „Da", er wies auf eine Stelle, an der ein kleiner Haken aus der Mauer stand und erzählte gestikulierend wieder von den beiden Brüdern, die offensichtlich, bevor der eine den andern mit dem Pfeil abschoss, vorher mit Messern aufeinander losgegangen waren und offensichtlich zum Beweis, dass der eine bei seinem Pfeilschuss zwar nicht im Recht gewesen sei, doch zumindest einen Anlass gehabt habe an des andern Mordabsichten zu glauben, hatte er das Messer hier aufgehängt. Ein paar hundert Jahre hatte das Messer hier gehangen und irgendein vorwitziger und wohl auch nicht ausreichend gebildeter Bauarbeiter, der wohl die Episode nicht kannte und ihre Bedeutung für die Stadt, hatte das Beweisstück vermutlich als Schrott betrachtet, ähnlich wie die Farbreste, die abzukratzen waren, bevor die frische Farbe aufgetragen werden konnte, und hatte den Dolch weggeworfen. Hier rächt sich auf tückische Weise der Umstand, dass seit den Veränderungen immer mehr billige Arbeitskräfte aus der Ukraine und von sonst woher ins Land strömten und den polnischen Fachkräften, von denen einige gewiss die Bedeutung des Dolches erkannt hätten, die Arbeitsplätze wegnahmen, weil sie nicht für Hungerlöhne, sondern gleich für fast gar keinen Lohn mehr arbeiteten, so dass die Polen verstärkt nach Westen flohen, wo sie mit ihren geringen Ansprüchen, die dortigen Arbeiter ausstechen konnten, wenn auch inzwischen nicht mehr ganz so leicht, wie vor wenigen Jahren noch, denn die im Westen hatten die Erfolge der Billigkonkurrenz aus dem Osten spitz gekriegt und flugs die eigenen Löhne von ihren Arbeitgebern senken lassen, was diese wiederum ganz herzlich freute.

Der Raub oder zumindest der Frevel am Dolch hatte den Alten derart in Rage gebracht, dass er nicht nur wild gestikulierend auf ihn einsprach sondern auch auf die Passanten und die jungen Verkäuferinnen in den angrenzenden Ladenverschlägen, die freilich auch nicht wussten, wo der Dolch geblieben war und hilflos nach oben zeigten, wo er freilich nicht mehr klemmte. Cant genügte die Stelle, wozu ein Beweis, wenn die Geschichte an sich überzeugte, und er versuchte den anderen zu beruhigen, indem er nun sozusagen als Bestätigung, dass er schon alles richtig verstanden habe, gleichfalls die rechte Hand nach oben reckte und „da" sagte, „da, ganz gewiss da", und als der Alte nun „tak" sagte und oder erschöpft etwas ähnliches, sagte er tröstend „njet", und als der verzweifelt den Kopf schüttelte, sagte er wieder „da", was den Alten aber nicht beruhigte sondern nur zu mehrmaligem „tak, tak" brachte, woraufhin Cant wieder mit „da, da" antwortete und weil dies nichts bewirkte mit „njet njet", woraufhin der Alte nun schon beinahe rasend „nee, nee" brüllte und immer spitzere Augen bekam, der von der Wand entfernte Dolch schien in seinen Blicken zu blitzen und die Umstehenden zu irgendwelchen Reaktionen anzuspornen, so dass es Cant allmählich doch unbehaglich wurde, *da* und *njet* konnte er doch nicht ewig von sich geben, allzumal der Alte alles nicht zu bestreiten schien, aber sein *njet* vielleicht als Provokation auffasste, weil er den Ehrgeiz hatte, dem Ausländer in seiner Sprache etwas zu erklären, und nicht erwartete, dass dieser nun in der seinen dilettierte und nicht nur dies, sondern auch die angestammte Sprache auf ein knappes da reduzierte, als könne er, also der Alte nicht auch kompliziertere Wendungen sehr wohl verstehen, und bevor es zu Tätlichkeiten kam, und er befürchtete welche, würde er *da* und *njet* noch einmal wiederholen, schlüpfte er zwischen den Umstehenden hindurch; in Erwartung von Mord und Totschlag hatten sie den Kreis um ihn und den Alten ein bisschen weiter geöffnet, vermutlich auch deswegen, damit nicht bloß ein enger Kreis, sondern alle, und es wurden immer mehr, am Geschehen teilhaben konnten. Die Flucht gelang nicht. Wieselgleich folgte ihm der Alte, hielt ihn am Ärmel fest und erzählte ihm eine weitere berühmte Sage der Stadt, nämlich jene der Prinzessin Wanda, einer Tochter von König Krak.

Ein Frosch also war hier einmal König gewesen, auch das noch! Der Alte rasselte los: „Einmal kam ein Ritter vom Westen, ein deutscher Prinz, der hieß Friedrich, der hat viele Namen, und der sagte, ich möchte dich Wanda kriegen und dein Land auch dabei. Und sie erwiderte, nein, das ist unmöglich, und wenn du da kommen willst, ich werde mich in der Weichsel ertränken. Ja, und sie machte das. In der Tat. Jetzt aber ein Satiriker sagte, dass es ganz umgekehrt war, und der Prinz wollte nicht ihr Mann sein, und darum hat sie das gemacht, auf jeden Fall ist sie ganz ertrunken und wurde später gefunden, so bis auf den heutigen Tag können wir einen Punkt finden, das ist unweit von Neue Hütte Nowa Huta, bei Krakau und dort ist ein Hügel von Wanda, wir haben viele Hügel und der älteste ist Wandas Grab."

Er endete, schaute ihn triumphierend an, die Umstehenden nickten beifällig und Cant schaute sich nach Rettung um. Ihm dämmerte, dass, um dies und überhaupt mehr zu verstehen, es eines Sprachführers bedurfte und so hetzte er mit wehenden Rockschößen von der Menge weg, geradewegs über den Platz an der erzenen Gestalt des Denkmals vorbei auf einen Buchladen zu, den er schon vorher vom Café aus wahrgenommen hatte. Im Verkaufsraum herrschte wohltuende und gediegene Stille, wie überall auf der Welt an den Stätten des Geistes, die freilich immer weniger wurden, nachdem Büchersupermärkte sie laut plärrend verdrängten. Unterschiedliche Sprachführer standen zur Auswahl, rote, blaue, gebundene und bloß geleimte. Wenn er bloß gewusst hätte, welcher am brauchbarsten war. Er stand, runzelte die Stirn, blätterte, verglich, wog, überlegte, ob das Buch in die Tasche passen würde, damit es immer zur Hand war, sollte er wieder in solch eine missliche Lage kommen. Er verharrte unschlüssig, dass die Verkäuferin auf ihn aufmerksam wurde und näher kam. Bevor sie ihn erreichte, schaute sie sich um, betrachtete die Bücher, die er ihr reichte, schaute sich noch einmal um, verstohlen, wie es ihm schien und schubste ihn zur Verkaufstheke an der Wand. Nach einem nochmaligen Blick in den Raum, zog sie ein schmales Bändchen unter der Theke hervor und flüsterte auf Deutsch: „Nehmen sie den." Als er sie verdutzt anschaute, der Band unterschied sich eigentlich nicht sonderlich von den anderen, die er ihr in die Hand gedrückt hatte, dünner war er vielleicht, unscheinbarer im Umschlag, der zwei Mädchen zeigte, die sich an einem alten Pumpschlegel eines Brunnens mühten, trat sie dichter an ihn heran und sagte eindringlich, und wieder flog ihr Blick durch den Laden: der Band ist vor Jahren im Ausland erschienen und ist der einzige, in dem die polnische Sprache noch und wieder korrekt und ordentlich wiedergegeben wird und nicht neuzeitlich verhunzt, wie in den anderen Büchern. Hier, und nun ließ sie für ein paar Augenblicke nicht die vorherige Vorsicht walten und öffnete den Band und zeigte auf ein Wort. „Sehen sie hier, die Autorin schreibt *przyczepa kempingowa* und nicht *caravaning* oder ähnlichen Stuss wie die anderen, die glauben, wenn sie jede aufgeschnappte Verballhornung in ihre Sprachführer einarbeiten, dass sie dann korrekt wären. Welch ein Irrtum, nur im Untergrund wie früher immer noch überleben Polen und die polnische Sprache. Nehmen Sie, ich verkaufe es nur an Eingeweihte, der Rest", sie wies auf die anderen Bände, „mag sich damit begnügen." Und weil ein anderer Kunde offenbar neugierig geworden war, was hier getrieben wurde, sich ihnen näherte, stopfte sie ihm rasch den Band in die Jackentasche, er passte gerade hinein, und machte sich daran die anderen Bände zusammen zu packen und trug sie zum Regal zurück. Er stand etwas hilflos, wollte dem anderen Kunden freilich keinen Anlass zu weiterem Nachdenken geben und drehte sich zu einem angrenzenden Bücherregal, musterte die Bände, möglichst eindringlich, nahm auch einen in die Hand, als verstünde er, was er lese, er kapierte kein Wort, wie auch, es war ja Polnisch und der Sprachführer musste in der Tasche bleiben, er öffnete das Buch, durchstöberte das Buchstabengewirr nach irgend einer vertrauten Zusammenstellung, und als er endlich aus den Augenwinkeln feststellen konnte, dass der andere die Nutzlosigkeit seiner Neugier eingesehen hatte, und nach ein paar zusätzlichen Minuten, man wusste ja nie, näherte er sich der Verkäuferin. Die drückte ihm einen Zettel für das Buch in die Hand, wie er sah, nahm den angebotenen

Geldschein und den Zettel, ging zur Kasse am Eingang des Ladens, brachte ihm das Wechselgeld und geleitete ihn zur Tür. „Sie werden es nicht bereuen. Schönen Aufenthalt!" Damit stand er wieder allein in der Stadt. Er schaute sich nach einer Stelle um, an der er unbehelligt seinen frisch erworbenen Schatz in Augenschein nehmen konnte und entschied sich für die Stufen des Denkmals, auf denen noch immer die Jugendlichen hockten, doch in so weitem Abstand voneinander, dass genügend freier Platz war für ihn. Sie würden sich kaum um ihn kümmern, was ging sich ein polnischer Sprachführer an, wenn auch eine Rarität. Wenn, dann würden sie einen italienischen oder englischen brauchen, die eigene Sprache kannten sie ja. Beim Näherkommen und weil ihn interessierte, wer hier auf dem Sockel stand, las er, dass es sich um Mickiewicz handelte. Bei den Bänden der polnischen Bibliothek, von denen er zahlreiche in München erstanden hatte, weil sie verramscht wurden, war auch einer von Mickiewicz dabei gewesen und so wusste er also, dass es sich bei ihm um den polnischen Nationaldichter handelte, der auf sein Volk herab schaute. Er zog sein Exemplar frischer Samisdat Literatur aus der Tasche. Eine Münchnerin hatte es also auf sich genommen vom Ausland aus, wie schon immer in der polnischen Geschichte, die polnische Sprache und das Polentum vor dem Verfall zu bewahren. Mickiewicz, Slowacki, Norwid und wie sie alle hießen, die ähnliches unternommen hatten. Die Jugendlichen scharten sich um ein Mädchen. Sie hielt ein Buch in der Hand. Pan Tadeusz, soviel er erkennen konnte, eine Schulausgabe. Ihre Augen glühend vor Stolz auf den sprachgewaltigen Bewahrer ihres polnischen Vaterlandes fing sie an zu lesen an: „Litwo! Ojczyzno moja. Ty jestes jak zdrowie ..." feierlicher Friede legte sich auf die Gesichter der anderen. Verlegen betrachtete er sein Buch. Auf der Rückseite fanden sich alltägliche Wendungen, er stutzte: *tak* – ja – *nie* – nein. Also nicht *njet*, wie er angenommen hatte. Und *tak* hieß ja. Ihm dämmerte, dass er den Alten vielleicht in ein paar Kleinigkeiten missverstanden hatte. Das würde sein Zappeln erklären, nicht aber seinen Zorn. Cant schaute zum Eingang der Tuchhallen hin.

Vielleicht stand er noch dort und wartete auf ihn. Er richtete sich auf um genauer zu sehen. Dort hatte sich die Gruppe aufgelöst. Der Alte war fort, die Frauen warteten wieder gleichgültig auf Kundschaft und Unbekannte schoben sich in die Halle und verließen sie wieder. Keiner blickte hinauf zu dem Haken und suchte den Dolch. Er war vergessen wie er verloren war. Niemand auch fing seinen Blick.

Wenn schon, denn schon dachte er sich und nahm ein Zimmer im Hotel Polski. Es lag im ersten Stock, dem McDonalds gegenüber am Ende oder Anfang der Florianska-Straße. Die Leute trieben unten vorbei, es war laut, heiß, er war angekommen. Er stellte die Tasche ungeöffnet in den Schrank. Trank ein letztes Dosenbier, das sich im Seitenbeutel gefunden hatte, legte sich aufs Bett und schlief ein.

Seine Uhr war stehen geblieben. Die Zeit stand still, das Universum ruhte sich aus. Von draußen fiel Licht in das Zimmer, gelb, grün, rot. Wo immer du hinfährst, du bleibst stets bei dir. Oder so ähnlich. Er brauchte an keine Arbeit zu denken. An nichts. Einfach an nichts. Die Nachrichtensprecher hatten ihren Dampf abgelassen und die Erde drehte sich fort. Wieder ein Tag, an dem die Bombe nicht gezündet worden war. Ein Tag Aufschub. Bis die Sintflut kam. Die Seuchen. Ein Tag näher zu seinem eigenen Ende hin. Das war das Einzige, was er sich nicht vorstellen konnte. Er konnte sich vorstellen, dass ihm ein Zahn ausbrach, dass der letzte Groschen oder Cent, wie der Kram inzwischen hieß, aus der Börse verschwand, dass er nirgendwo mehr Arbeit fand. Das Ende nicht. Vielleicht sollte er nach Berlin gehen. Dort ging die Post ab. Vielleicht nach Hamburg. Wieso gab es in Deutschland keine Stadt am Meer? Kiel? Vermutlich langweilig. Eine Riesenstadt mit Mole. Brecher an einer Straße am Strand. So was wie Marseille oder Genua. Bis man von Hamburg endlich ans Meer kam, war man vermutlich umgekommen vor Sehnsucht. Elbe, Elbe und nichts als Elbe. Selbst die Brüder und Schwestern aus dem Osten hatten nichts anzubieten. Da musste jetzt aufgebaut werden und keiner hatte Zeit, eine Stadt am Meer zu entwerfen. Ein blödes Volk, das sich mit dem begnügte, was es hatte. Auch die Bayern hatten nichts. Ihre hoch gelobten Berge lagen nicht am Meer. Er hatte die langweilige Öde Münchens satt. Schwabing, Haidhausen, die Au, das Schlachthofviertel. Von der Innenstadt gar nicht zu reden. Wieso die eigentlich nicht überbaut wurde, als man Platz für den neuen Flugplatz suchte war ihm vollkommen schleierhaft. War doch eh nix. Einer hatte einmal angeregt, ganz München im Starnberger See zu versenken. Nette Idee, aber was machen mit den Leuten? Die waren zuweilen ganz brauchbar, gemütlich, die Alten soffen und fraßen auf dem Oktoberfest, die Jungen spazierten am Sonntag Vormittag zum Brunch, legten sich nackt in den Englischen Garten, flanierten die Leopoldstraße entlang. Alle jubelten, wenn Bayern gewann und Sechzig am Rande der 2. Liga herumtaumelte und manchmal darüber hinaus schaute. Eine schöne Stadt, zweifellos. Vermutlich war Berlin auch nicht besser oder Braunschweig, was hatte Braunschweig schon zu bieten außer dass dort vor hundertfünfzig Jahren Ricarda Huch geboren worden war. Und seitdem? Vielleicht sollte er nach Bonn ziehen. Seit die Politiker sich dort nicht mehr blicken ließen, konnte man dort unbeschwert leben. Alle gehen nach Berlin, ich geh nach Bonn. Das musste er im Gedächtnis behalten. Stuttgart, wo er geboren war. Die Heldenstadt, in der die Barrikaden gegen Springer in Untertürkheim gehalten hatten, wie die Eltern erzählten. „Am Nachmittag dann, nachdem wir die aus München gelieferten Zeitungen auf dem Königsplatz gesehen haben und die Häme erlebt, mit der die Leute sie uns zeigten, habe ich verstanden, dass in diesem Land keine Revolution möglich ist", sagte der Vater und fuhr fort: „Der Hass der RCDS-Buben, die heute die Vorstandsetagen der Wirtschaft und die CDU bevölkern, ist gespeist von dieser Häme, zeigt freilich auch einen Nachhall der Angst, den die Spießer damals vor uns hatten." „Drum schlagen sie jetzt so auf uns ein," mischte sich die Mutter ein: „das ist der Unterschied zu Frankreich, dort hat es 1789 eine Revolution gegeben und seitdem wissen die Herrschenden von der Wut des Volkes und kennen ihre

Grenzen." „Genau," sagte der Vater: „und hier kennt man nur Angst und hofft, wenn man sich fügt und bei den Mächtigen einschmeichelt, bleibt man verschont. Sie rennen den Brosamen nach, die vom Tisch der Reichen fallen." In der Nacht hatten sie ihn zu zeugen versucht. Aber das hatte nicht geklappt, deswegen hatten sie es zehn Jahre später noch einmal probiert. Das späte Kind der Revolte. Drei Jahre danach waren sie nach München gezogen. Jetzt trieben sie sich im Osten herum, sein Erbe zu sichern wie sie vorgaben. Er pfiff auf das Erbe, von dem er zum ersten Mal gehört hatte, als er über einer Lateinübersetzung saß. Die hatten doch tatsächlich den Einfall besessen ihn auf ein Gymnasium zu schicken, wo er einmal das große Latinum machen sollte und machte. Cato oder Cicero und ein wenig Cornelius Nepos, damit die Vergangenheit nicht ganz aus dem Blickfeld geriet. Ein verfallenes Haus mit ein paar Metern Grund drum herum. Wir hätten ja keinen Anspruch erhoben, wenn alles Volkseigentum geblieben wäre. Aber sollen wir es den Spekulanten überlassen? Wirklich nicht! Wenn es Volkseigentum geblieben wäre, hätten sie sowieso keinen Ausspruch erheben können, hätten schon, hätte aber nichts genutzt. Der alte Mieter hatte sich umgebracht, aufgehängt an einem Balken in der Scheune. Er war mit der Wende nicht klar gekommen. Selbst durch Telefon konnte er hören, dass der Satz für die Mutter nicht leicht auszusprechen war. Man braucht nicht nach Afrika zu fahren um Mord und Totschlag zu finden. Vierzig Jahre Frieden in Mitteleuropa zeitigten auch Erfolge. Selbst bei den Eltern. Noch während seiner Schulzeit hatten sie damit begonnen ihr Geld in Wertpapieren anzulegen. Sie rechneten, verglichen, schauten jeden Tag ins Internet, nachdem es dies gab. Bis dahin war Geld kein Thema gewesen. Keines, das laut und vor ihm diskutiert wurde. Sie hatten in den Tag hineingelebt. Nun war er zum Kostenfaktor geworden. Dein Erbe. Sie bereiteten sich auf ihr Fortgehen vor und wollten ihn mit Geld abfinden. Er konnte ihnen nicht sagen, wie ihn das schmerzte. Es gab nichts mehr zu besprechen.

Im Kühlschrank standen zwei Bier, vier kleine Flaschen Schnaps, Erdnüsse. Wodka, ohne Geschmack. Das Bier war zu Eis gefroren. Kein Buch in der Tasche. Er wollte nicht lesen. Morgen würde er die Antiquariate durchstöbern. Auf der Abiturreise hatte er in Prag in einem Laden an der Steinernen Brücke eine Thümmel-Ausgabe erworben. Reise in die mittäglichen Provinzen. 80 Mark, schwarz getauscht. Unmittelbar vor der Abfahrt hatte er die Bände entdeckt, die anderen warteten schon im Bus am alten Rathaus und noch während der Rückreise hatte er den ersten Band durchflogen. Cervantes, Sterne, Jean Paul, Thümmel, Hippel. Seine Favoriten in dieser Zeit. Jetzt steckten die Bücher in einer Kiste und warteten auf seine Wiederkehr. Die Vorstellung von einer neuen Wohnung mit Arbeitstisch und Bücherregal ließ sich nicht festmachen. Während seiner Kindheit und Jugend waren sie von einer Wohnung in die andere gezogen und hatten zuletzt in Haidhausen gewohnt. Auch wenn er später zu Schulfreunden in andere Häuser kam, manche mit großzügigen Gärten, hatte er eigentlich kein Verlangen gespürt, ebenso zu wohnen. Bis zuletzt waren die vier Räume in der Auerfeldstraße ihm Hort. Die Eltern hatten ihn aus dieser Heimeligkeit vertrieben und als er in seine Studentenbude zog, verlor das Zimmer daheim seine Bedeutung für ihn. Alles war in Kisten gepackt worden. Beanspruchter Lagerraum. Er beschloss auf eigenen Beinen zu stehen und nahm nur das Notwendigste mit. Ein Teil seines früheren Selbst blieb zurück, so wie jetzt ein Teil des späteren an einem anderen Ort. Hinterlassenschaften. Auf der Welt verstreut. Das sprach nicht unbedingt für die Stabilität seiner Existenz. Beim McDonalds brannte die Reklame. Grün standen Tische und Stühle vor dem Lokal. Die Gasse grauleer. Halbblind und dunkel die Scheiben der gegenüberliegenden Fensterfront. Zwei schwarze Gestalten patrouillierten eng an den Schaufensterscheiben entlang. Wächter der Nacht. Es war still. Nur einmal in einer fast verbotenen Minute, wenn ein Fest zu ende geht, die Lampen verlöschen, hört man das menschliche Herz schlagen.

Benommen wachte er auf. Schon seit langem hatte er nicht mehr so tief geschlafen. Irgendein herbes Sehnen nach Angelika trieb über ihn weg. Er hatte das Fenster offen stehen lassen. Sonnenstreifen. Wind bewegte die Gardine. Er wollte nicht nachdenken und schob rasch die Decke zurück, zog die Kleider an, wusch sich flüchtig. Halb Zehn. Im Frühstücksraum saßen noch zwei späte Gäste. Andere standen im Vorraum mit ihren Koffern oder versammelt zu einer Besichtigungstour. Er setzte sich an den Tisch an der Wand, trug eigens das Geschirr dorthin, das nur noch auf einem Tisch in der Mitte stand. Ein Cowboy braucht eine freie Schussbahn. Texas, die Sonne im Rücken. Er kam sich elend vor. Das Mädchen goss frischen Kaffee in die hohe Thermoskanne. Grapefruit, Milch, Orangensaft. Das Brötchen schmeckte aufgewärmt. Semmeln hießen die Dinger bei ihm in Bayern. Es fiel ihm ein, dass Sonntag war. Ruhetag. Keine Geschäfte. Nichts. Die Welt stand still. Er würde ein Bier trinken, damit er den Kater vertrieb. Hundertfünfzig leere Tage oder mehr. Damals war die Stille aus seinem Leben gewichen. Er hatte sie festzuhalten versucht, war in sein Zimmer geflüchtet, hatte den Weltempfänger eingeschaltet, den Stimmen gelauscht, hatte den Vorhang aufgezogen, aus dem Fenster hinausgeschaut in dessen Viereck sich ein Stück Himmel betrachten ließ. Blass, schwärzer dann, desto weiter die Nacht fortschritt. Wenn er zum Badezimmer schlich hörte er den Fernseher, sah das blaue Licht, schnappte ein paar Worte auf. In der Früh die Morgenmusik mit den aufmunternden Sprüchen. Die Satzruinen des großen Betrugs. Wenn er früher hingehört hatte, neugierig auch, so störte ihn nun jedes Wort. Lästig wie eine Fliege im Sommer wischte er es weg. Doch eins nach dem andern nistete sich in seinem Innern ein und verband sich mit dem nächsten zu einem Lautgewirr, das je dichter desto bedrückender wurde, immer seltener zum Schweigen gebracht werden konnte.

Er ging ein paar Schritte vors Haus, Luft und Wetter zu prüfen, bevor er zu einem langen Spaziergang aufbrach. An der alten Stadtmauer, die sich gegenüber dem Eingang hinzog, herrschte rege

Betriebsamkeit, die Fläche wurde mit Bildern behängt bis unter die Krone, Stellagen, Stühle und Kisten davor aufgestellt. Er bedauerte, den Foto nicht eingesteckt zu haben, das emsige Tun zu bannen. Erste Passanten blieben stehen und musterten die Bilder. Am McDonalds, an der Ecke zur Gasse, die zum Markt hin führte, stauten sich die Kunden, Schulkinder in bunten Hemden. Es versprach heiß zu werden. Die Frische war fort. Er rumpelte mit einer der vorbeihastenden Gestalten zusammen, als er aufblickte, erkannte er den Alten vom vergangenen Tag, dieser starrte erschreckt, und als er auf ihn zugehen wollte, wich er zurück, schlug die Hände zum Kreuz und zischte, murmelte dann etwas, das wie „Wanda, Wanda" klang und sprang eilends davon in die Gasse. Schon entfernt, hallte ihm immer noch sein „Wanda, Wanda" im Ohr. Ein seltsamer Mensch, fremd und unverständlich, auch wenn er Worte gebrauchte, von denen er offensichtlich überzeugt war, dass sie verstanden wurden. Die Rockschöße bauschten im Wind, so besessen strebte er davon.

Das nackte Licht des Sommertages färbte sein Hotelzimmer grau. Stumpf verschlissen stand der Sessel unter der aufgezogenen Gardine. Die leere Bierdose im Abfallkorb ekelte ihn. Am Liebsten wäre er in die Wärme des Bettes zurück gekrochen, in den Traum, dessen Schatten noch unter der Decke schlief. Lieber noch ginge er weiter in die Vergangenheit zurück, die vor der grellen Ungewissheit dieses Tages trübe Geborgenheit vorgaukeln wollte. Er wusste, dass er sich nicht hinsetzen durfte, machte es auch nicht. Die Einfalt des Kunstdruckes über dem Bett. Der entblößte Fernsehapparat. Obszön stand er im unaufgeräumten Raum. Ganz anders als viele, die er kannte, konnte er am Vormittag keine Sendungen ertragen. Weder Nachrichten, noch Berichte, erst recht keine Filme. Erst wenn er voll war vom Tage, ließ sich diese Welt aushalten. So wie die Stadt dem Menschen das Gefühl für die Jahreszeiten nahm, raubte das Fernsehprogramm ihm das Gespür für die Tageszeit. Die Allgegenwärtigkeit der Bildschirmbilder ließ keine Orientierung mehr zu und allmählich verlor ihr Inhalt an

Bedeutung. Die Werbung zwischen Filmen und Berichten, sei es für kommerzielle Güter oder das nächstfolgende Programm wurde wichtiger als das Programm selbst. Kostete auch mehr als dieses. Anspruch und geistige Anstrengung verschwanden. Das Streben nach Höherem wurde als brotlose Kunst abgetan, die dem Geschmack des Publikums zuwiderlief. Das Fernsehen verlor sein Gesicht. Folgerichtig bastelten die Macher an Formaten, wie sie es nannten, und an Sendestrukturen, die es dem Betrachter erlauben sollten, sich selbst als Programmmacher zu sehen und die ihm die Möglichkeit geben sollten auf den Inhalt der Sendungen Einfluss zu nehmen. Welch großartiger Irrtum und welche Verantwortungs-losigkeit!

Begonnen hatte alles mit dem unaufhaltsamen Aufstieg der Bedeutung von Einschaltquoten. Sollten sie am Anfang den Machern einen Hinweis geben, wer und wie lange jemand den Apparat eingeschaltet hatte, so bestimmten sie nun den Inhalt von Programmen. Dieser hatte sich unter und zwischen die Werbeblöcke zu fügen. Die Verantwortlichen unterwarfen sich gern diesem Diktat, brauchten sie doch nicht mehr Eigenes einzubringen und zu behaupten, sondern konnten sich zurücklehnen und jede Entscheidung mit den Zahlen rechtfertigen. So hocken nun die Redakteure an ihren Schreibtischen und beurteilen die Vorschläge ihrer Mitarbeiter nach vermeintlichem Publikumsgeschmack und möglichen Einschaltquoten und nicht einen Augenblick lang dachten sie darüber nach, dass dies Unsinn war. Da hätte sich Goethe wahrlich bedankt, wenn diese Pfeifen sich seinen Faust beim Entstehen vorgenommen hätten. Die große Lüge bestand darin, dass sie ihr selbstverschuldetes Elend zuweilen zwar beklagten, es aber nicht beseitigen wollten, weil sie ahnten, dass sie sich dann mit jenen anlegen mussten, die das Publikum gerne in Unmündigkeit ließen und es weiter hineintrieben und so deuteten sie die Unmündigkeit als demokratische Reife und ihr eigenes Verhalten als Ausdruck der Achtung des Willen ihrer medialen Untertanen um deren Wohl es ihnen gehe. Jene, die seit eh und je die Untertanen ihre Kriege hatten ausfechten lassen, wären plötzlich mild und weise geworden? Nähmen auf deren Bedürfnisse Rücksicht? Bedienten sie? Nun wirklich nicht! Sie bedienten sich ihrer, um das eigene Schäfchen ins Trockene zu bringen. Freilich war und ist es ein gefährliches Spiel, denn Verantwortung, Bildung und Rechtschaffenheit aufzugeben, zerstört die Grundlagen der Gesellschaft und nimmt auch den Verursachern ihren Lebensraum. Das absurde Treiben einer orientierungslosen Menschenhorde sich dem Tod entziehen. Der Mensch erscheint im Holozän und verschwindet wieder dortselbst.

Er kramte den Fotoapparat aus der Reisetasche. Vielleicht würde er ein paar Bilder finden in dieser fremden Stadt. Für wen? Die vielen der Vergangenheit lagen in Kartons, flüchtig beschriftet, im Lager verstaut. Warteten auf irgendeinen Augenblick, an dem er sie und auch seine anderen Erinnerungen einmal ordnen konnte, damit seine Existenz Gestalt erfuhr. Standpunkt. Er wollte die Stadt lesen, ertasten, sehen, hören, riechen und schmecken. Seine Vorliebe für Zufallfotos, die alltägliche Situationen einfingen, ihm später erlaubten zu überlegen, was diese Menschen wohl dachten, wohin sie unterwegs waren, zu welchem Zweck. Reduziert auf diese Fragen lief die Unerbittlichkeit der Ideologen ins Leere. Dann wurde der Mann zum Mann, die Frau zur Frau und das Kind zum Kinde. Gleichgültig an welchem Ort auf diesem blauen Planeten. Auch ohne Sprache gelang Annäherung. Sie bedurfte der Ruhe, der Aufnahme-bereitschaft, der Selbstdisziplin. Er konzentrierte sich auf die Mechanik des Apparates, schaute und richtete den Bildausschnitt ein, achtete auf das Licht, die Bewegungen, löste aus und suchte ein neues Ziel. In diesen Augenblicken kümmerte ihn der Inhalt nicht, ein Mauerstück, die Ansammlung von Passanten, Tauben auf dem Pflaster, Autogesichter, die Spatzen auf dem Dach. Erst im Nachhinein, später, gewann der Inhalt an Gewicht, die Menschen wurden zu Personen und die Räume zeigten ihre Geschichte. Zwei Stunden lang streifte er so durch die Stadt, dann hockte er sich in ein Schnellrestaurant und bestellte ein Bier. Fast drei Filme hatte er verschossen. Anfangs, indem er rasch und unbedacht den Auslöser drückte, dann versuchte er die Einstellungen auszuwählen, ärgerte sich und kehrte zu Unbedenklichkeit zurück, erfüllte seine selbstgesetzte Pflicht. Zweimal hatte er die innere Stadt, die Burg und ihren Hügel umrundet. Zunächst wollte er die Touristen aussparen, dann akzeptierte er sie als Teil dieser Stadt. Schulklassen, die fetten, bunten Amerikaner, Tschechen, ein wenig verstört. Immer auch suchte er einzelne Worte zu erhaschen, hörte freilich rasch weg, sobald sie Inhalt bekamen. Das würde seiner Begegnung mit der Stadt ihre Unschuld nehmen. Das zweite Bier schmeckte nicht mehr so gut. Er sollte etwas Essen. Zwölf Uhr war schon vorbei. Hier war es ihm zu stickig. Er wollte zu dem kleinen Platz hinter der Kirche, wo er die Stühle und Tische zweier Restaurants gesehen hatte, die nicht so dicht besetzt waren wie die anderen auf dem eigentlichen Markt. Noch hatten ihm die Foto-grafierstunden die Stadt nicht näher gebracht. Er hatte eine ungefähre Ahnung der Straßen und Plätze, ihrer Kirchen und Bürgerhäuser. In dieser Kulisse trieben sich Menschen herum. Er war erschöpft, die Füße schmerzten. Er war froh, als er sich an einem Tisch niederlassen konnte. Er bestellte Suppe, etwas, was sich in der polnisch-englischen Speisekarte als Braten verstehen ließ, Wein. Er wünschte sich den Alten herbei, der auf ihn einreden sollte. Den Sprachführer hatte er im Hotel liegen lassen, doch das Mädchen verstand sein Gestikulieren. Der Wein schmeckte harzig. Er spülte den Mund, bevor er schluckte. Die Sonne stand hoch über dem Platz. Die meisten anderen Gäste hatten sich unter die Sonnenschirme platziert. Camel, was sonst. Er musste sich neue Zigaretten kaufen. Vorne am Markt standen die wunderlichen Kioske. Dreibeinige Lieferautos, deren Seitenfester heruntergeklappt werden konnten und den Blick auf das Warenangebot frei gaben, Getränke, Bonbons, Zigaretten. Die meisten Mittagsgäste waren Touristen wie er. Wenn er die Fassaden entlang schaute, wollte ihm scheinen, er säße auf einem Marktplatz im Süden Europas. Die Preise waren niedriger. Nach der Suppe ließ er sich eine Karaffe Wein bringen, Belohnung für die Arbeit, die er verrichtet hatte. Am Nachmittag wollte er die Strecke noch einmal abschlendern. Die Veränderungen einfangen. Vielleicht konnte er die Filme gleich zum Entwickeln abgeben. An den kleinen Kodak-Geschäften meinte er gelesen zu haben, dass sie 24-Stundenservice anboten. Aufzeichnen die ganze Reise, den Aufenthalt festhalten. Irgendwann musste er sich daheim einmal melden. Daheim. In München würde ihn keiner vermissen. Die Eltern waren es gewohnt, dass er nicht anrief, lange schon. Warum also sollte er sich melden und bei wem? Es würde ihm gefallen, wenn sich die Freunde auf die Suche nach ihm machten. Angelika vielleicht. Er stellte sich vor, dass sie jetzt dort drüben um die Ecke geschlendert kam. Er würde sie mit ins Hotelzimmer nehmen. Ausziehen. Nein. Sie kam nicht. Er wollte es nicht. Eine andere Frau, die mit ihm ins Hotelzimmer ging. Ohne Sprache.

Die Soße schmeckte sehr gut, auch das Fleisch und die Kartoffeln. Der frische Salat, der auf einem großen Teller serviert worden war. Das Mädchen hatte ihm auch einen Aschenbecher gebracht, nachdem sie gesehen hatte, dass er die Kippe auf den Boden geworfen hatte, als sie ihm das Essen hinstellte. Er schaute zu den anderen Gästen und fingerte, nachdem sie verschwunden war, nach der weggeworfenen Kippe und legte sie in den Aschenbecher. Es war ganz in Ordnung, dass er in dieses Land und in diese Stadt gefahren war und alles hinter sich gelassen hatte.

Der Frühstücksraum war fast leer, wie gestern schon, Gut, dass keiner sah, wie er sich fürchtete. Gut, dass er Geld und Fotoapparat ins Zimmer gerettet hatte. Er hatte sich gerade gesetzt, als sich ein Mann am Nebentisch niederließ. Zehn Jahre älter mochte er sein. Kaum dass er saß, brachte ihm die Bedienung ein riesiges Wasserglas und eine Flasche Bier. Er nahm den Salzstreuer und salzte das Wasser und gab anschließend Pfeffer dazu. Bedächtig. Dann goß er Bier in ein anderes Glas. Nahm einen Schluck und einen größeren von dem anderen. Cant war inzwischen klar, dass es kein Wasser war sondern Schnaps. Langsam leerte er das Glas. Er schaute zu Cant, der in seinem Rührei stocherte, auf das Glas Orangensaft, die Tasse Kaffee und deutete auf sein leeres Glas. Strong and better. Er hob die Hand und zeigte zwei Finger, als er dem Mädchen sein Glas reichte, nickte in Richtung Cant. Sie brachte ihm auch ein Glas, randvoll mit Schnaps. Wieder salzte und pfefferte der Mann und ermunterte Cant Gleiches zu tun. Er trank, langsamer nun. Nachdem er den Schnaps halb geleert hatte, nahm er das Bier. Hatte er bisher vorgebeugt gesessen, konzentriert auf sein Tun wie ein Schüler vor seinem Hausaufgabenheft – dieser elende Kanzler, der die Phrase erfand, die nicht mehr aus der Welt zu bringen war – so setzte er sich nun bequem zurück, langte nach dem Schnaps und wartete, dass Cant gleichfalls salzte und pfefferte und mit ihm tränke. Es brannte, schmeckte grauenhaft. Ausspucken wollte er nicht, so trank er tapfer Schluck für Schluck von der Brühe. Er nahm ein paar Gabeln Rührei, das schmeckte noch weniger als Nichts, doch irgendwie war es nun besser zu ertragen als vorher. Kein Wort wurde gesprochen und Cant wusste auch nicht, was er hätte sagen sollen. Prost wäre ja wohl blöd und *Na Zdorovie* oder wie das nun wieder hieß, bloß albern, vielleicht auch gefährlich, dachte er an die Reaktion des Alten. Eine höchst seltsame Stadt war das. Das musste man ja wirklich feststellen. Höchst seltsam! Der andere schien auf kein Wort zu warten, er trank sein Glas leer, legte einen Schein auf den Tisch und erhob sich. Er winkte einen kurzen Gruß und verließ den Raum. Cant stocherte weiter in seinem Rührei, trank dann entschlossen das Glas leer und ließ es von der mitfühlend blickenden Bedienung abtragen. Er würde wieder in die Stadt gehen und Fotos machen. Was sonst? Wozu? Eigentlich konnte er weiter fahren. Eine andere Stadt. Ein anderes Leben. Die Zigarette schmeckte jetzt gut. Draußen war es auch nicht anders als am Tag zuvor. Ein paar, was heißt ein paar, hunderte von Malern hatten ihre Bilder an die Stadtmauer gestellt. Die zeigten die Mauer, den Markt, die Tuchhallen und die Kirche. Alles war voller Menschen wie beim Papstbesuch. In Wirklichkeit lag die Gasse noch ruhig. Sonntag eben. Die Uhr zeigte nicht einmal acht, drum war der Frühstückssaal noch leer gewesen. Die Gäste verpennten die Stadt. Bis auf den Russen, und es musste ein Russe gewesen sein. Die soffen zwar alle im ehemaligen, wieso ehemaligen? Osteuropa, doch keiner so viel wie die Russen. Die Ukrainer vielleicht noch. Es war ein Russe. Passte besser, irgendwie. Irgendwann. Eine gewisse Heiterkeit floss in den Tag als ein junger Mann ein Gestell mit Postkarten aus einem Laden schob. Das war's! Eine Postkarte konnte er schicken. Tausendmal besser als eine E-Mail. Die konnte zwar auch jeder lesen, aber was stand schon auf einer Postkarte. Liebe Grüße. Mir geht es gut. Die Stadt ist wunderbar. Die Sonne scheint. Gestern hat es geregnet. Die Leute sind freundlich. Das konnte jeder wissen. Logisch. Es sollten überhaupt wieder mehr Postkarten geschrieben werden. Da hatten die Amerikaner einen mordsteuren Überwachungsapparat für E-Mails auf der ganzen Welt aufgebaut, natürlich auf Kosten der Steuerzahler, aber eben der amerikanischen, und Microsoft und Konsorten hatten in ihren Programmen ausreichend Zugang für die Überwachungsbehörden gelassen und jetzt schrieben die Leute Postkarten. Sie kauften sich keine teuren Verschlüsselungs-programme, die eh nichts taugten, sondern schrieben Postkarten. Es war zum Verzweifeln. Hallo Leute, mir geht es gut. Habe mir heute die Stadt angesehen und morgen gehe ich ins Museum. Das war ein Schlag ins Kontor der Geheimdienststrolche. Genau. Das Mobiltelefon klingelte. Er hatte ganz vergessen, dass er eines besaß, besaß ist inkorrekt, dass er es mitgenommen hatte und auch noch eingeschaltet. Das musste gestern Nacht passiert sein. Es klingelte nicht bloß, sondern zeigte noch eine Anzahl von SMS an, die er erhalten hatte. Bei Guillou hatte er gelesen, dass Mobiltelefone nicht nur den genauen Aufenthaltsort preisgaben, dass sie auch Zielobjekt der lasergesteuerten Bomben der Amerikaner, logisch wer sonst, sein konnten. In der Sahara war das einem seiner Protagonisten passiert. Er konnte das Gerät gerade noch wegwerfen, dann löste sich der Felsen, auf dem er eben gesessen hatte in seine Bestandteile auf. Wegwerfen wollte er seins nicht, aber zumindest ausschalten. Wäre schade um Krakau, weil so genau trafen die vielleicht auch nicht immer. Die schönen alten Häuser und die Leute, die sich zum sonntäglichen Kirchgang aufmachten. Musste nicht sein. Er lief in die Marienkirche und folgte denen, die in die Messe gingen. Eigentlich ohne rechten Willen. Er überließ sich ihnen und nicht weil er den berühmten Altar betrachten wollte, sondern einfach, weil sie dorthin gingen und er auch wohin gehen wollte. Am Eingang, während sich alle bekreuzigten und danach ihre Plätze aufsuchten, blieb er stehen. Das Kreuz wollte ihm nicht recht gelingen, zuerst oben, dann links, dann rechts oder andersherum. Nichts wusste er, konnte er, nicht einmal die selbstverständlichsten Dinge waren ihm vertraut. Aber über alles meckern! So blieb es bei einer ungeschickten Geste und dann suchte er sich einen Platz rechts hinten, von einer Säule halb verdeckt konnte er kaum zu dem Altarraum vorsehen. Er blieb ein paar Augenblicke lang unbeweglich, verschämt und verstört in sich gekehrt. Was machte er hier? Wollte er hier? Wäre er ein früher Tourist, hätte er gleich stehen bleiben können, die Halle oder hieß es Schiff betrachten und hätte flugs wieder verschwinden können. Nun saß er fest. Saß fest in einem Gottesdienst. Nach wie viel Jahren seit der Konfirmation? Genau, und auch noch bei der falschen Konfession. Es war zum Verzweifeln. Wenn es nicht so früh am Tag wäre. Allmählich füllte sich der Raum und er begann einzelne Menschen zu unterscheiden. Ihn faszinierte ihr Auftritt im Raum. Hatte er anfangs geglaubt, das Bekreuzigen sei bloß Geste, so erkannte er rasch, dass es bei allen mehr war. Es war Willkommensgruß, Bekenntnis und auch Unterwerfungsgebärde. Sie gaben ihr Leben in Gottes Hand. Sie glaubten wahrhaftig. Eine Frau in einem für den Sommer viel zu warmen Mantel setzte sich in die hintere Reihe, ein paar Meter von ihm entfernt. Weich und schön wurde ihr Gesicht, während sie wartete, dass der Gottesdienst begann. Er schaute verstohlen zu ihr hinüber und konnte nicht genug von ihrem Anblick bekommen. Warum war ihm dies daheim nicht aufgefallen, war nie in den Gottesdienst gegangen, hatte gleichgültig weggeschaut, wenn andere dorthin gingen oder aus dem Gottesdienst kamen? Seltsame

Leute, die in einer anderen Welt lebten als er selbst. Die Eltern gingen nicht zur Kirche, er kannte eigentlich niemanden, der am Gottesdienst teilnahm. Und doch hatten die Eltern ihn taufen lassen. Warum? Hatten ihn konfirmieren lassen. Sie hatten wohl auch kirchlich geheiratet. Wahrscheinlich in Weiß und das Ganze als Happening inszeniert. So nannte man das damals. Die Frau schaute unverwandt auf das Marienbild vorne am Altar. Eigentlich war es ungeheuer verlogen, was daheim geschah. Daheim. Warum ging ihm dieses Wort jetzt dauernd durch den Sinn? Daheim? Daheim ist wo das Herz ist, wo die Freunde leben. Er hatte keine Freunde. Noch nicht einmal sich selbst. Die Frau nahm das Gesangbuch in die Hand und schlug es auf. Sie mochte das erste Lied suchen, das in Leuchtschrift angezeigt war. Doch es sah so aus, als ob sie läse. Sie blätterte durch die Seiten, bewegte die Lippen. Ab und zu schaute sie nach vorne. Er folgte ihrem Blick und nahm wahr, dass der Raum sich restlos gefüllt hatte. Alle saßen in Erwartung der Feier, die nun mit Orgelspiel begann. Er blieb bis zum Schluss des Gottesdienstes. Die ersten Augenblicke Ruhe, die er in der Weichselstadt fand. Die ersten Augenblicke seit Monaten. Betäubt folgte er den letzten Kirchgängern zurück in den Tag. Auf dem Platz vor der Kathedrale standen die Touristen immer noch hinter ihren Fotoapparaten. Digital, versteht sich. Breitbeinig und beidhändig die winzigen Apparate von sich weg gestreckt, versuchten sie die Welt auf das schmale Display zu bannen, hofften es zumindest, denn die Sonne stand hoch hinter ihnen und ließ nichts erkennen. Es sah ungeheuer bescheuert aus, wie sie da standen.

Ein paar Läden waren offen, die in den Tuchhallen sowieso, in den Nebengassen auch die Antiquariate. Schöne Stiche. Ein Siebzigjähriger nahm ein paar behutsam aus der Ablage und führte sie zum Auge. Prüfte, ob alles so war, wie er es gekannt.

Zum ersten Mal stellte Cant fest, dass er keine Vergangenheit hatte, keine haben wollte oder doch? Er war aus Zeit und Raum gefallen. Ein alter jüdischer Friedhof, mit umgestürzten und quer liegenden Steinen war seine Welt. War es nicht. Er wusste dies. Ein paar Augenblicke lang. Die Eltern hatten ihm nichts mitgegeben. Nichts. Er lief davon. Erschrocken vor sich selbst. Bücher waren sein ein und alles. Zeilen auf vergilbtem Papier. Bedeuteten nichts. Er holte noch die Fotos der Filme, die er gestern abgegeben hatte. Stopfte sie in die Tasche, unbesehen.

Im Hotel war nichts los. Er nahm den Schlüssel und überlegte ob und wie viele Nächte er hier noch verbringen wollte. Die Stadt hatte ihren Reiz verloren. Wanda. Was soll's? Er stieg die Treppe hinauf, weil er nicht auf den Fahrstuhl warten wollte. Der Staub, der unter dem ausgefranzten Teppich lauerte. Die Scheiben blind und ohne Glanz. Was sollte er in einem Zimmer, das nach Bohnerwachs roch? Hitchcock hatte eine Szene in einem Film, wo die Hand das Treppengeländer entlang strich. Das gab's nur im Film. Im Film. Er ging weiter, den Flur entlang und versuchte das Zimmer zu finden in dem er seine Nächte verschlief. Hinter ihm hetzte jemand die Treppe herab und als er die Tür geöffnet hatte, hörte er einen Schrei und nahm war, wie etwas an ihm vorbei ins Zimmer flog. Eine Gestalt huschte zur Treppe zurück und rannte hinab, von oben folgte eine andere. Ein ungeheurer Krach, der ihn erschreckte und aus seiner Trägheit weckte und rasch ins Zimmer schlüpfen ließ. Er lehnte sich gegen die Tür, war außer Atem gekommen und musste sich erst einmal beruhigen. Vorsichtig öffnete er die Tür. Alles still. Der Sturm war vorübergezogen. Dann hörte er Schritte und zog die Tür wieder zu. Er lauschte. Sie gingen vorbei. Niemand hatte es auf ihn abgesehen. Er stand still in seinem Versteck. Dann vom Fenster zersplitterndes Glas. Ein Auto fuhr quietschend davon. Rufe, die verklangen. Ein zweites Auto wurde gestartet und raste wohl hinter dem ersten her. Er schob sich zum Sessel und fläzte sich hinein. Ein Bier wäre gut. Eines fand er noch in der Tasche. Das musste er übersehen haben. Ein seltsamer Vormittag. Vielleicht sollte man doch nicht verreisen. Er nicht. Wer sonst? Draußen erhob sich Geschrei. Er stellte sich vor, dass die Autos die Bilderstellagen umgefahren hatten, in die Scheibe des McDonalds gerauscht waren, über Tische und Stühle hinweg. Unter dem Fenster lag ein kleiner

Koffer, halb von der Gardine verdeckt. Wodka und Bier und Pfeffer und Salz. Was sonst half in den Tag. Er trank seine Dose leer. In Deutschland hatte er Pfand bezahlen müssen. Ob er hier etwas dafür erhielt? Merkwürdige Zeiten in einer merkwürdigen Welt. Er würde sich noch viele Biere kaufen müssen um sie ertragen zu können. Grau lag das Licht in seinem Raum, matt und müde wie er selbst. Ein Mädchen hatte das Bett frisch bezogen, hatte seinen Schlafanzug ordentlich gefaltet und auf das Kopfkissen gelegt. Er war Gast in diesem Hotel, zahlte für die Dienste, die verrichtet wurden. Er legte sich hin und schlief ein.

Zwei Stunden mochte er geschlafen haben. Mach es wie die Sonnenuhr und zähl die heiteren Stunden nur. Ein blödsinniger Satz. Auf dem Boden neben dem Bett lag ein Lederkoffer, der ihm nicht gehörte. Braun. Der war ins Zimmer geflogen, geworfen worden, von irgendjemanden, dem Russen vielleicht, der dann mit quietschenden Reifen davongezischt war. Bisschen viel für einen Tag. Cant schob sich hoch und langte nach dem Koffer. Zahlenschlösser. Natürlich ging da nichts. Immerhin hatte er seinen Leatherman und damit schaffte er die Schlösser. Es war warm im Zimmer. Draußen schien die Sonne. Ein schöner Tag. Der Koffer war voller Geld. Dollarnoten. Fein säuberlich und dicht gestapelt, so dass sie nicht verrutscht waren. Ziemlich viele. Was tun? Er versuchte den Koffer wieder zu schließen, was nicht recht gelang, weil die Schlösser kaputt waren. Solingen, das konnte er lesen, und auf einem Aufkleber „Made in CSSR". Eine seltsame Allianz. Er schob das braune Ungetüm unter das Bett, streckte sich aus und starrte die Decke an. Er war reich. Er schaute zur Tür und erwartete, dass sie augenblicklich aufplatzen und der Russe oder wer auch immer hereinstürmen würde. Der wenn er sah, dass er die Schlösser aufgebrochen hatte! Draußen der Flur lag still. Vor dem Fenster verblühte ein Sommertag. Bier würde jetzt auch nicht weiter helfen. Außerdem hatte er keins mehr im Zimmer. Also musste er sich der Welt stellen. Das sollte klappen mit so viel Geld. Er schlief wieder ein und als er noch einmal aufwachte, war der Koffer immer noch da, lag unter dem Bett, und draußen war es immer noch hell. Etwas musste unternommen werden, so ging er erst einmal auf die Toilette. Gerade überlegen sah er nicht aus im Spiegel. Ein Deutscher halt, den es in die Fremde verschlagen hatte. Da reden die immer davon, dass Geld die meisten Probleme löst, ihm schien es eher welche zu schaffen. Da ließ sich nichts machen. Da geht alles seinen Gang. Unten in der Halle stand ein Pärchen an der Rezeption, das ein Zimmer suchte und der Portier kramte in seinen Unterlagen, schaute im Computer nach. Vor der Tür parkten zwei Polizeiwagen. An der Ecke gegenüber dem McDonalds war der Bürgersteig mit Bändern abgesperrt. Dort lungerten ein paar Uniformierte herum und rauchten. Offensichtlich war tatsächlich ein Auto fast in den McDonalds gerast. Das war doch Irrsinn! Durfte er sich nichts zusammenspinnen ohne dass es Wirklichkeit wurde? Erschrecken konnte man vor dieser Welt. Er lief rasch in die Gasse hinein. Nur nicht auffallen. Weg von hier. Am Ende lag der Russe auch noch irgendwo herum. Vielleicht hätte er den Koffer abgeben sollen, aber wie erklären, dass er ihn hatte. Der ist in mein Zimmer geflogen. Tatsächlich? Sind Sie sicher? Klar! Und dann haben Sie die Schlösser erbrochen? Sehen Sie doch. Warum? Irgendwie machte ihm der Koffer Angst. Als Kind hatte er einmal einen Kinderfilm gesehen, der hieß „Eine Tasche voll Geld". Da gab's auch Ärger. Einer der Polizisten musterte ihn aufmerksam. Warum ihn? Gab es keine anderen Passanten, die er anschauen konnte? Er sah den Deutschen in ihm! Rassismus! Cant blickte trotzig zurück. Er senkte den Blick. Glück gehabt! Nicht zu rasch gehen, das wusste doch jeder! Dennoch beeilte er sich, an ihm vorbeizukommen. Das wirkte höchst verdächtig. Gehen war vielleicht kompliziert! Sollte ihm noch einmal einer davon erzählen, dass dies automatisch geschah! Er bog ab in das nächste Café und atmete tief, nachdem er einen Platz gefunden und sich gesetzt hatte. Keinen Kaffee, die Welt war unvollkommen. Das war sie. Er brauchte ein Bier. Ein Haufen Bilder hing an der Wand. Was das nun wieder sollte? Die Stadt steckte voller Überraschungen. Wenn jetzt der Typ noch auftauchte und wieder anfing seinen Schnaps zu salzen, dann war es tatsächlich Zeit, die Stadt zu verlassen. Das Mädchen am Nebentisch sah gut aus. Die besten Frauen rauchen. Das war ihm schon daheim aufgefallen. Daheim. Er kramte seine Zigaretten hervor und rauchte ebenfalls. Schon einmal eine Gemeinsamkeit. Daraus konnte etwas werden. Er nahm sein Glas und setzte sich mal einfach zu ihr hin. „Hallo, ich bin Cant." Das sagte er auf Englisch natürlich, doch weil man das nicht jedem zumuten kann – nach Bush kein Englisch mehr – soll das Gespräch oder was immer sich aus dem Anfangssatz ergibt auf Deutsch übersetzt und hier aufgeschrieben werden. Die Fahne hoch, die Reihen fest geschlossen! Es gibt nicht nur Rilke und Hölderlin. Er beugte sich über sein Glas – war Bier nicht auch deutsches Kulturgut, und was für eines, dem man sich nicht mehr entziehen konnte und wollte, hatte man einmal damit angefangen – und führte seinen Blick dann elegant zu ihrem Gesicht und blickte in die blauen Augen unter strohblondem Haar. Irak, Iran. Waren das Themen, die er ihr zumuten konnte. Der 11. September. Vielleicht die Eindrücke von der Stadt, die angesprochen werden konnten. Das Glas auf dem Tisch, aus dem sie Tee trank, war fast leer. Sie wollte doch hoffentlich nicht schon gehen. Jetzt, wo er sich gerade zu ihr gesetzt hatte und ihrer beider Geschichte begann?

„Ich bin Liza."

„Cant."

„Ich komme aus Virginia."

„Ich aus München."

„Da waren wir auch. Neu Schwanstein."

„Hohenschwangau ist auch nicht zu verachten."

„Ich liebe Bayern."

„Du bist hübsch."

Das war doch mal ein Anfang von einem Gespräch. Sie lachte wohl gerne und er lachte nun auch.

„Wir fahren weiter nach Kazimierz und dann nach Warschau."

„Wo liegt Kazimierz?"

„An der Weichsel, eine Künstlerstadt."

„Ich will auch nach Warschau."

„Dort sind wir in drei Tagen."

„Toll, da hatte er ja ein Ziel."

„Wann fahrt ihr weiter?"

„Morgen."

„Dann hast du ja noch viel Zeit."

Er winkte der Kellnerin, dass sie noch einmal Tee – oder möchtest du etwas anderes? Und Bier bringen möchte. Sie bestellte sich ein Glas Wein. Und erzählte ihm, dass ihre Gruppe in der Früh nach Wieliczka gefahren sei, ein ehemaliges Salzbergwerk, das nun Museum sei, sie aber nicht mitgekommen sei, weil sie Angst habe in einem alten Förderkorb ein paar hundert Meter in die Tiefe zu fahren. So sei sie allein durch die Stadt gelaufen, nachher wollten sie einander in einem Kellerlokal treffen und Musik hören.

„Wann fahrt ihr denn morgen los?"

„Gegen sieben, so schrecklich früh."

Das wäre doch für ihn eine gute Möglichkeit in dem Trubel unbemerkt aus dem Hotel zu verschwinden. Der Geldkoffer drückte und hergeben wollte er ihn nicht wieder. Warum auch? Woher bekam man sonst so viel Geld? Durch Arbeit doch nicht! Irgendwer würde es freilich suchen. Vielleicht war seine Zimmertür schon aufgebrochen und er lag erschossen im Bett. Gut, dass er hier in dem Café saß. Das Entscheidende verpasste er immer. In dem Fall war es vielleicht nicht so übel.

„Und was machst du so?"

Er trank einen Schluck Bier und schaute auf die Zeichnungen hinter ihr an der Wand.

„Ich betrachte die Welt."

„Tu ich auch und ich will ein Buch schreiben. Übers Land, die Leute, die Veränderungen. Die Kommunisten sind fort. Sie verfolgten die Juden, wie es die Deutschen machten. Gestern haben wir das jüdische Viertel in Krakau besucht."

„Dort war ich noch nicht."

„Heute Abend spielt eine Klezmer-Band. Ich liebe die Bücher von Singer. Schade, dass wir Lublin nicht besuchen. Wyspianski lebte hier um die Jahrhundertwende. In der Vorstadt steht eine Kirche, in der ein paar Fenster sind, die er gestaltet hat. Vielleicht hängt ein Portrait von ihm hier an der Wand."

„Lost in translation."

Sie schaute ihn fragend an:

„Was meinst du?"

„Ist ein Buch einer jüdischen Autorin, die hier geboren wurde und dann nach Kanada und Amerika ging."

„Kenne ich nicht, ich dachte, du meinst den Film."

„Das Buch hat mich sehr beeindruckt. Ins Kino gehe ich selten."

Er zeigte auf die Bilder an der Wand:

„Portraits gibt's heute nicht mehr, bloß noch Bilder."

„Dann müssen wir sie selber machen."

„Klar, warum nicht."

Wohin des Wegs, o Fremder? So recht wusste er es nicht. Er hatte verschlafen, Liza und der Bus waren fort, er musste allein weiter kommen. Die Tasche zerrte mächtig an den Armen. Er hätte sich einen Koffer mit Rollen kaufen sollen. Die mochte er nicht. Warum eigentlich? Blödheit geht über alles. Wenn ihn jemand suchte, würde dies am Bahnhof geschehen oder auf dem Flughafen. Gab es hier überhaupt einen? Jetzt besaß er so viel Geld und kam nicht voran. Ein Auto konnte er sich nicht kaufen. Zu Fuß also. Na wunderbar! Trampen! Aber wohin? Raus aus der Stadt. Irgendwohin. Dann konnte er weiter sehen. Bloß hier an der Straße würde ihn niemand mitnehmen. Er musste eine Ausfallstraße finden. Dort vielleicht. Er begann sich nach einer Bushaltestelle umzusehen. Langte in die Tasche. Für eine Fahrkarte hatte er genügend Kleingeld. Ob er hier Fahrscheine beim Fahrer kaufen konnte? Ein Haufen Leute stand am Straßenrand. Drei Linien. Er würde einfach den ersten Bus nehmen und bis zur Endhaltestelle drinnen hocken bleiben. Natürlich gab's keine Fahrscheine beim Fahrer und Platz zum Sitzen auch nicht. Gerade noch, dass er die Tasche auf den Boden kriegte. Es war wahrlich voll und wenn nicht ein paar wohl Studentinnen mit nacktem Bauch neben ihm gestanden hätten, hätte er aber auch gar keine Freude an der Fahrerei gehabt. Sie schnatterten und schleppten Rucksäcke auf den schmalen Rücken. Eastpack, was sonst. Vollgepackt mit Büchern und Papieren. Eine trug Ohrhörer im Ohr. Die hinderten sie nicht, lebhaft zu reden. Schon seltsam alles! Als ihre Nachbarin eine Wasserflasche aus dem Rucksack kramte, fiel ihm ein, dass er gar nichts zu trinken dabei hatte. Er würde irgendwo verdursten trotz seiner Million. Weil er gelächelt hatte, streifte ihn der Blick der Brünetten und weil er ihn aushielt, lächelte sie auch, wandte sich aber gleich wieder ihren Freundinnen zu. Freilich nicht ohne wieder zu ihm her zu schielen. Ja, das wär was. Aber wie? Reden hätte er schon können, nur was und in welcher Sprache? An der nächsten Haltestelle mussten sie noch näher zusammenrücken. Jetzt zwängte sich auch noch eine Frau mit einem Weidenkorb in den Bus. Tatsächlich passte der auf den Boden. Er schien voller Käse zu sein. Roch zumindest so. Unter dem Kopftuch leuchtete ein rotes Gesicht über einem stämmigen Körper. Eine Bauersfrau, die zur Marktfrau geworden war. Der Bus fuhr doch hoffentlich in eine andere Richtung. Auf dem Marktplatz hatte er nichts verloren. Er würde einfach warten, bis der Bus sich etwas leerte und sich dann orientieren. Wenigstens kam kein Kontrolleur. Woher die anderen ihre Fahrscheine herhatten, war ihm nicht ganz klar. Manche zogen ganze Stapel aus der Tasche. Vielleicht gab's die an den Kiosken. Nur wie hießen die Dinger? Vielleicht sollte er einen alten nehmen und diesen bei einer Kontrolle vorzeigen? Das nächste Mal, jetzt kam er sowieso nicht aus dem Bus heraus. Ob sie den Typ erwischt hatten oder immer noch hinter ihm her waren und der inzwischen hinter ihm? Echt toll der Gedanke.

Irgendwann musste sich das Gedränge lichten. Die Mädchen hatten den Bus verlassen, stattdessen starrte nun ein griesgrämiger Alter zu ihm her. Jetzt verließ auch die Marktfrau den Bus. Sie zerrte den Korb mit Käse hinter sich her. Es schien ihm, als kenne er die Haltestelle. Dabei war er doch gar nicht soviel in der Stadt herumgekommen. Vielleicht sahen alle Haltestellen gleich aus. Die Vergangenheit im Kommunismus hatte sie gleich gemacht. Auf jeden Fall war er dem Stadtrand offensichtlich nicht näher gekommen, sondern gurkte immer noch im Zentrum herum. Bekannten, die ihn einmal in München besuchen wollten, hatte er seinerzeit gesagt, sie sollten einfach den Mittleren Ring entlang fahren, dann kämen sie schon zu seiner Straße. Der Weg durch die Innenstadt schien ihm zu umständlich zu beschreiben. Nachdem sie die Stadt einmal umrundet hatten, riefen sie erneut an. Erbost, wo er denn eigentlich wohne. Allmählich glaubte er, er sei tatsächlich und gleichfalls auf einer Ringlinie um die Altstadt, denn außer den Fahrgästen änderte sich nichts. Nun standen ein paar Studenten neben ihm und eine neue Marktfrau auch. Deren Korb roch nicht nach Käse sondern nach Gebäck. Er musste hier raus. Und zwar sofort. Je länger er fuhr, desto verwirrender schien ihm das alles. Ausgerechnet da, wo er ausstieg, gab es keine zweite Buslinie. In jede Richtung zogen sich Häuserzeilen und Querstraßen lagen in schier endloser Ferne. Mancher Tag fängt schief an und wird dann immer krummer. Zurück wollte er nicht und auf den nächsten Bus warten war ja auch ein bisschen sinnlos. So schleppte er sich und die Tasche einfach weiter. Die war monströs und schwer, weil er den Geldkoffer unten hineingeklemmt hatte. Aber was sollte er machen. Geld oder Leben. In der Stadt würde wahrscheinlich keiner halten, wenn er den Daumen hob. Er probierte es dennoch. Und siehe da, gleich der erste Wagen hielt an, ein dunkler BMW.

„Hallo! Wohin?"

„Ein Deutscher, welch Zufall!"

„Egal, nur weg von hier."

„Pack die Tasche auf den Rücksitz."

„Woher wissen Sie, dass ich Deutscher bin?"

„Nur Deutsche bewegen sich so unbeholfen in der Welt."

„Und wohin fahren Sie?"

„Weichselabwärts, der Nase nach aufs Baltikum zu."

„Baltikum, das liegt doch gar nicht in Polen."

„Macht nichts. Erst muss ich sowieso mal aus der verfluchten Stadt raus finden."

Er war vielleicht ein paar Jahre älter, so um die zehn oder zwanzig. Sah gar nicht so aus wie ein BMW-Fahrer. Wie sehen die denn aus? Zumindest wie ein Geschäftsmann nicht. War auch egal.

„Kannst du fahren?"

„Klar."

„Dann kannst du nachher übernehmen."

„Ich hab kein Wasser dabei."

„Wasser?"

„Ich hab Durst."

„Hinten unter der Jacke liegen ein paar Biere."

„Dann kann ich doch nicht fahren, wenn ich Bier trinke."

„Wieso, ich fahr doch auch."

Eigentümlicher Vogel.

„Nun mach schon, mir kannste auch eins aufreißen."

„Ich dachte hier gilt absolutes Alkoholverbot."

„Nur für die Polen. Die vertragen nichts."

„Das Bier war lauwarm."

„Wie Pisse, im Kofferraum habe ich eine Kühlbox. Das ist besser."

Allmählich gerieten sie in eine Art Vorstadt, die Häuser wichen von den Bürgersteigkanten zurück in graues Grün, waren eine Zeitlang zwei- und dreigeschossig, um dann Hochhäusern Platz zu machen. Zuweilen leuchteten die Fassaden frisch plastikfarbenbunt, die meisten freilich dämmerten noch im sozialistischen Einheitsgrau. Das war ihm schon in der DDR aufgefallen. Offensichtlich war Grau die Farbe, die frühere Architekten und Baugenossenschaften am herzlichsten liebten. Es konnte eigentlich nicht sein, das ausgerechnet Grau die preisgünstigste Farbe in Buschs Reich des Bösen war. Und wenn ja, was bedeutete das, wenn es überhaupt etwas bedeutete, denn auf den Preis schauen brauchten die Planer ja damals nicht. Irgendwie blieb ihm dies ein Rätsel und würde es weiterhin bleiben, wenn ihm keiner Aufklärung anbot. Wen fragen, wenn er niemanden verstand und sein Nachbar hatte andere Sorgen, auch schaute er nicht gerade so aus, als ob er alles wüsste. Immerhin wusste er offensichtlich, wohin er fahren wollte, auch wenn sein Ziel noch in weiter Ferne lag und er ihm die leere Dose hinhielt und kurzgestig – also gibt es auch andere Wörter – nach einer neuen verlangte. Wen hatte er sich eingeladen in seinen, soviel erkannte er nun, zumindest innen recht ramponierten BMW, einen Kellner oder was?

„Ich könnte auch fahren."

„Warum, geht doch ganz gut so. Nimm auch noch eins. Sind genug da."

Die nächste halbe Stunde erzählte er dann, dass er ins Baltikum müsse, um ein paar EU-Millionen an Land zu ziehen. Da kannst du auch was machen. Da kann jeder was machen, der einen Kopf hat. Offensichtlich war es schon abgemacht, dass er auch mit ins Baltikum führe. Das war es nun wirklich nicht, er wollte in Polen bleiben und sonst nirgendwohin und dauernd Bierdosen aufreißen und sie seinem Fahrer rüberzureichen wollte er auch nicht. Viel besser war es schon, als tagelang mit dem Bus im Kreis zu fahren, doch wohin sein Nachbar fuhr, schien noch weniger klar, vor allem wie lange er auf diese Weise fahren konnte. Ins Baltikum kamen sie so nicht, der musste doch jetzt schon einen an der Klatsche haben. BWM-Fahrer eben.

„Sandomierz. Na das ist doch was."

„Wie bitte?"

„Da fahren wir hin."

„Warum?"

„Mein Vater lag da in Stellung, das heißt, er stand bis er fiel."

Komiker auch noch.

„Wo ist dein Sandomierz?"

„An der Weichsel. Ich sag doch, ich fahr an der Weichsel entlang."

„Na toll."

„Das heißt du fährst, mir reicht es für heute."

Er bremste abrupt und hielt am Straßenrand.

„Pscherwa."

„Was?"

„Ist Polnisch, heißt Pause oder so was. Hat mir eine Dame klar gemacht. Gute Figur, solche Hängebacken. Pscherwa. Na das wär ja noch schöner. Den Weibern hier ist es sowieso nicht genug. Pscherwa. Also rutsch mal und fahr du weiter. Ich muss endlich mal schlafen, kann aber noch den Ausschank übernehmen."

Er schlurfte nach hinten, zog die Kühltasche aus dem Kofferraum, stellte sie in die Mitte der beiden Sitze auf der Rückbank und riss am Verschluss. Sie war voller Bier. Weil Cant abwinkte, nahm er nur eine Dose, betrachtete sie voller Entzücken und öffnete sie dann und leerte sie auf einen Zug. Er grunzte zufrieden und nahm eine neue.

„Prost, ich bin der Herbert, wer bist du eigentlich?"

„Cant."

„Cant. Na das ist doch mal was Neues. Hatten deine Eltern einen Verkehrsunfall?"

„Das ist ein Spitzname. Ich habe mal eine Geschichte geschrieben, seitdem nenne ich mich so."

„Und ne zweite haste nicht fertig gekriegt. Ich mein, du kannst dich doch nicht dauern umbenennen. Oder schreibst du immer nur an einer?"

„Wallanders Vater malt auch immer das gleiche Bild."

„Tatsächlich?"

„Das ist eine lange Geschichte."

„Erzähl!"

„Also eigentlich schreibe ich fürs Radio und für Zeitungen."

„Und das bringt Kohle?"

„Kommt darauf an, eine Zeitlang ging's, keine Ahnung."

„Wenn du's nicht weißt, warum machst du es dann?"

„Jeder geht seinen eigenen Weg."

„Ja gut, dann bieg jetzt rechts ab."

„Wieso, geradeaus geht's doch nach Sandomierz. Da wolltest du doch hin."

„Da war gerade eine Umleitung angezeigt. Da vorn ist die Straße gesperrt."

„Kannst du Polnisch oder was?"

„Mein Freund, ich bin früher immer durch Breslau gefahren. Wer einmal durch Breslau gefahren und durchgekommen ist, der wird sein Leben lang nie wieder eine Umleitung übersehen noch je verzweifeln, wenn er stundenlang über Asphalt und Kopfsteinpflaster rollt, eingeklemmt zwischen Busse und Lastwagen und Pkw, die schwitzen wie ihre Fahrer, ohne Aussicht irgendwie weiterzukommen in diesem Chaos. Da lernst du Verzweiflung und Beten, da brauchst du kein Polnisch."

„Ist nicht wahr."

„Breslau und seine Verkehrsführung waren die Antwort der Polen auf die Vertriebenenverbände, die ganz Schlesien zurückhaben wollen. Ich will es nicht. Keiner will es, der einmal da durchfahren musste."

„War es so schlimm?"

„Schlimmer! Als ich durch war, habe ich umgedreht und bin noch einmal hin und her gefahren. Wer einmal in Breslau war, der will es nicht mehr missen."

„Tatsächlich?"

„Ich les ja auch Bücher, weißt du, da gibt es einen Bericht eines jungen Soldaten, der an der Ostfront war, der erzählt davon, das viele von denen, wenn sie einmal Heimaturlaub hatten, wieder zurück wollten an die Front. Sie konnten es daheim nicht mehr aushalten, wollten zurück in den Frost, den Schlamm und zum Urrääähh der Russen. Es war eine Sucht. Breslau ist wie die Ostfront nur schlimmer. Eine Irrsinnstadt."

„Ich halt dich zwar inzwischen für bekloppt, aber andererseits hast du auch sympathische Züge."

„Na siehst du. Vielleicht willst du jetzt doch ein Bier."

„Später, aber eigentlich bauen die Polen doch ganz gute Straßen, bei uns zumindest, nachdem sie die Italiener abgelöst haben, weil die Unternehmer deren Löhne nicht mehr bezahlen konnten."

„Die Polen doch nicht.“

„Wer dann?“

„Die Strabag baut hier die Straßen.“

„Das sind Österreicher, die bauen doch in Österreich.“

„Inzwischen nicht mehr, vermutlich ist man ihnen drauf gekommen, was sie anstellen, da sind sie nach Osteuropa ausgewichen.“

„Was du nicht sagst.“

„Ich bin einmal nachts bei Regen Richtung Warschau gefahren, war frisch asphaltiert, wunderbar. Fast fünfzig Kilometer, ein oder zwei Fahrbahnen, kein Mittelstreifen, keine Randbegrenzung, alles schwarz. Daneben der Abgrund, auch schwarz. Du hast dich vorangetastet. Ich hätte sie küssen mögen, unsere österreichischen Freunde. Die ham alles ausprobiert, was sie daheim nicht dürfen.“

„Ist doch toll.“

„Alpenländisch bezaubernd. Und du willst mit Schreiben Geld verdienen? Ich frag mich, wer bekloppt ist. Das Geld liegt auf der Straße.“

„Sehr witzvoll, aber mit Bart.“

„Im Baltikum setze ich Zehntausend ein und kassier dafür eine Million Fördergelder. Die EU schmeißt das Geld zum Fenster raus. Keiner fragt, wohin es geht. Das weiß auch die Strabag, drum ist sie hier.“

„Die werden ja auch prüfen.“

„Wer denn? Ein paar Damen, Schnaps, gutes Essen und du fährst mit einem Kofferraum voller Geld davon. Was meinst du, warum ich das Bier wegsaufe, ich brauch Platz für das viele Geld, das ich mir holen werde.“

„Glaub ich nicht.“

„Glauben darfst du in der Kirche. Das hab ich im Studium gelernt.“

„Wo hast du eigentlich studiert?“

„Düsseldorf. Lange her.“

„Aber die Dosen solltest du dennoch nicht aus dem Fenster werfen.“

„Warum nicht?“

„Weil es sich nicht gehört.“

„Na da schau an. Was soll ich denn sonst damit machen?"

„Ordentlich abgeben wie bei uns daheim."

„Auch bei uns werden die weggeworfen, allerdings haben wir ausreichend Hartz IV-Empfänger, die sie dann einsammeln. Dergleichen menschenunwürdige Sozialgesetze gibt's hier nicht. Die Sozialgesetzgebung ist erst im Aufbau und Annahmestellen für Dosen gibt es keine."

„Wenn jeder seine Dosen aus dem Fenster wirft, kannst du bald nicht mehr Auto fahren, weil du einen Schneepflug brauchst um voran zu kommen."

„Auto fahren kannst du eh nicht mehr lange, weil dir das Kleingeld fürs Benzin ausgeht. Außerdem kann ich gar nicht alle Dosen aus dem Fenster werfen, die von der Industrie produziert werden. So viel kann kein Mensch saufen. Selbst ich nicht."

„Du übst aber unverdrossen."

„Was willst du denn. Den Schrott produzieren nicht die Konsumenten, den Schrott produziert die Wirtschaft. Das beste Beispiel ist doch die Handybranche. Vor ein paar Jahren brauchte keiner so ein Ding und jetzt kann keiner mehr darauf verzichten. Fünf Stück von den Dingern hab ich im Auto rumliegen. Und für jedes Modell ein eigenes Ladegerät, ein Ohrset und was weiß ich alles. Das ist doch bekloppt. Und dieser Scheißdreck ist nicht zu entsorgen. Ist alles Sondermüll. Kannste auch nur aus dem Fenster werfen. Genau so wie die Dosen. Als Junge hab ich noch Flaschen gesammelt und mir damit mein Taschengeld aufgebessert. Das waren noch Zeiten."

„Ich hab Altpapier verkauft und heimlich Bücher von meinen Eltern, die hatten so viele, die ham das gar nicht gemerkt."

„Siehste, sag ich doch und ich hab so viele Dosen, dass ich sie aus dem Fenster werfen kann. Das ist mir eine liebe Angewohnheit geworden, die ich auch in der Fremde nicht ablegen will, denn bei uns laufen die Rentner und Arbeitslosen die Straßen ab und sammeln die Dosen ein und holen sich das Pfandgeld. So haben sie auch etwas davon."

„Du meinst, es ist eine soziale Tat.“

„Klar, mein Beitrag zur sozialen Gerechtigkeit. Jeder muss etwas tun, so geht es nicht weiter. Irgendeinen Sommer haben einander der Bürgermeister von Swiecko und Frankfurt auf ihrer Oderbrücke getroffen und der aufgeblasene Pfeifenkopf aus Frankfurt wollte sich bei seinem polnischen Kollegen darüber beschweren, dass der gesamte polnische Dosen- und Plastikmüll über die Oder schwappe und seine hübsche Stadt unter sich begrabe. Er hatte eigens eine Dose mitgebracht um sie seinen Kollegen zu zeigen. Als ob der die nicht kennte. Der nahm sie ihm aus der Hand und sagte, ich zeige dir, was ich damit mache. Er umschloss sie fest und drückte sie zusammen. Er hatte freilich in seinem aufklärerischen Eifer nicht darauf geachtet, dass sie noch voll war. Das Ding platze und die beiden Amtsbrüder stanken danach stundenlang nach Bier, weil ihre übereifrigen Referenten sie nur notdürftig abputzen konnten, denn die Papierhandtücher fehlten. Wer nimmt auch Handtücher mit, wenn er zu politischen Gesprächen an die Oder geht.“

Mit dem Typ war nicht zu diskutieren. Die Landschaft veränderte sich. Nachdem sie eine Industriestadt durchquert hatten mit hübschen Ruß- und Rostfassaden über denen schwarzer Rauch in den Himmel davonschwebte, fuhren sie nun durch weites, ebenes Land. Die Sonne schien. Zuweilen kamen sie an schmucken Holzhäuschen vorbei mit bemalten Gartenzäunen. Der Verkehr nahm ab. Wenigstens hatte er eine Zeitlang nicht an sein Geld denken müssen, das hinten auf der Rückbank lag. Vielleicht düste er mit einem Haufen Blüten durch die Gegend und zerbrach sich den Kopf darüber, dass er wegen Falschgeld umgebracht werden konnte. Das Land verlassen und ins Baltikum wollte er schon deswegen nicht, weil er ja wahrscheinlich an der Grenze kontrolliert werden würde. Wie sollte er den Zöllnern erklären, woher er das Geld hatte. Die wussten ja, dass es blöde war, welches ins Land hineinzuschaffen, wenn es im Lande selber zu holen war. Die mobilen Zolleinheiten freilich konnten einen jetzt überall anhalten, sogar auf der Strecke nach Sandomierz. Er spürte, wie er unruhig wurde und zu schwitzen begann."

„Was istn los?"

„Heiß heute."

„Trink halt, das Bier ist kalt in der Kühltasche."

„Ich hab Hunger."

„Wir können nicht anhalten, Wenn wir aussteigen und essen gehen, wird das Auto geklaut. Wir brauchen einen bewachten Parkplatz und den gibt's nur bei Hotels."

„Na prima, und wo ist ein Hotel?"

„Die sind auch nicht sicher. Vor ein paar Jahren noch sind wir immer im Konvoi gefahren. Dann bestand die Chance, dass wenigstens einer durchkam. Wurde dann verdammt eng im letzten Wagen. Manchmal mussten wir in den Zug umsteigen, nachdem wir das letzte Auto verloren hatten. Das war aber auch nicht sicherer, weil die in den Wäldern gestoppt und ausgeraubt wurden. Gibt einen Haufen Wälder in dieser Gegend."

„Du redest wie ein Werbeprospekt. Sie haben ein neues Auto, wir wissen, wo es steht."

„Wir leben in einer Welt von Idioten. Folglich müssen wir uns wie Idioten benehmen und auch so reden. Von den Polen werden die Autos geklaut und damit basta."

„Ich komm aus München. Früher war der Gardasee ein heißes Pflaster."

„Gute Geschäfte gehen überall."

Vielleicht war es die beste Lösung, wenn das Auto mitsamt seiner Tasche geklaut wurde. Freilich waren dann auch seine anderen Sachen weg. Der Mensch ist nie zufrieden. Halb fünf, kein Wunder, dass er Hunger hatte.

„Wann sind wir in Sandomierz?"

„Wenn wir dort ankommen."

„Also wenn ich nicht bald was essen kann, lass ich das Auto stehen."

„Du kannst doch das Auto hier nicht stehen lassen."

„Wieso nicht?"

„Hör mal, ich bin besoffen, ich kann nicht fahren. Das ist dein Job."
„Ich bin getrampt. Ich hab dich angehalten."
„Und ich hab angehalten."
„Aber ich wollte nur mitgenommen werden."
„Bist du doch. Du musst halt deinen Beitrag leisten. Was ist dabei? Sei froh, dass jemand gehalten hat. Ich hätt auch vorbeifahren können."
„Dann hätte jemand anders angehalten."
„Hier hält keiner an."
„Blödsinn."
„Die haben alle Angst, dass sie ausgeraubt werden."

Das Land veränderte sich wieder. Wurde hügeliger. In einem Ort kamen sie an einem eigentümlich zwiebeligen Kirchenturm vorbei.

„Jetzt ist es nicht mehr weit", meinte der Biertrinker auf dem Beifahrersitz. Cant glaubte nichts mehr von dem, was er von sich gab. Wahrscheinlich würde er nie aus diesem Auto herauskommen. Kafkas Amerika erlebte er in einem elenden BMW in Polen. Wie das Leben so spielt.

Allmählich näherten sie sich einer größeren Ortschaft. Es würde doch nicht etwa dies verwunschene Sandomierz sein? Rechts schimmerte der Fluss durchs Grün, links standen Häuser hinter Zäunen. Klein und geduckt unter dem Hochufer, als fürchteten sie sich vor der Welt. Nur selten waren Menschen zu sehen. In einem Garten zwischen Bäumen ein Paar auf Liegestühlen.
„Zwei Kilometer noch."
„Da kommt gleich links eine Straße. Ich weiß eine Abkürzung."

Zumindest würde ihn keiner suchen in so einem Gefährt mit einem Irren an seiner Seite. Acht oder zehn Bier hatte er getrunken während der letzten Stunden.
„Hier, jetzt, siehst du? Jetzt links und dann den Berg hinauf."
„Das ist für Anlieger."
„Wir sind Anlieger."
„Alles klar."

Vor ihnen auf der Kuppe erstreckte sich eine klotzige Burganlage. Hinter der Kehre teilte sich der Weg.

„Und jetzt?"

„Rechts weiter."

„Das ist verboten."

„Rechts hab ich gesagt."

„Dein Auto."

Der Weg führte an einer Kirche vorbei und in eine Gasse, schmal und ängstlich mit Pflastersteinen ausgelegt. Kein anderes Auto, allerdings parkten einige auf den Flächen zwischen den Häusern. Cant gefiel dieser Ort. Die Gasse mündete in einen Platz, der schräg nach links anstieg und in dessen Mitte sich ein gotischer Bau erhob. Gesäumt war das Viereck mit Cafes und Wirtshäusern im Erdgeschoss mehrstöckiger Bürgerhäuser. Terrassen führten zur Oberstadt, wo Arkaden sichtbar wurden.

„Da vorn war mal eine tolle Räuberhöhle. Schwarz, verraucht, voll zwielichtiger Gestalten, Weibern, denen die Titten um die Knie schlabberten. Leider ist die jetzt zu und du musst links um das Rathaus rum. Da haben sie ein neues Hotel hingestellt für die Schönen und Reichen des Landes. Es ist grauenhaft, aber sonst gibt es hier nichts, es sei denn, du willst im Kloster übernachten, aber soweit bin ich noch nicht."

„Sind eine Menge Touristen hier."

„Die verziehen sich in zwei Stunden in ihre Busse. Dann ist hier tote Hose."

„Und das ist das berühmte Sandomierz?"

„Da gibt's noch eine Neustadt, die kannst du vergessen, die ist öde. Da laufen Hunde und Katzen spazieren. Wir übernachten ja bloß hier und haben einen bewachten Parkplatz und der ist wichtig in diesem Land."

Es gab auch einen livrierten Parkwächter mit Krummschwert und Mütze, der sie an der Schranke halten ließ. Kaum hatte Cant gestoppt, öffnete sein Beifahrer die Tür.

„Erledige du das, ich mach die Zimmer klar, in einer halben Stunde im Restaurant."

Er holte seine Tasche aus dem Kofferraum und Cant lenkte den Wagen auf den Stellplatz, den der Wächter ihn wies.

Die Halle war hell, voller Stiche und Ritterstatuen in den Ecken und auf den Fensterbänken, sonst leer. Am Empfang schob ihm ein Mädchen den Meldezettel hin.

„You pay by credit card?"

Er nickte und wollte die Karte herausziehen, bis er sich besann, er durfte keine Spuren hinterlassen, und „cash" murmelte in ihren fragenden Blick und „Dollar" hinzufügte und seine Daten eintrug, als wenn dies keine Spuren wären. Sie nahm den Pass, da hätte er auch mit Karte bezahlen können. So recht gelang ihm das Untertauchen nicht. Sie war jung und hübsch, auch gekleidet in Tracht mit toller Frisur im braunen Haar. Vermutlich würde sie ihn nicht verraten. Sie reichte ihm die Chipkarte für die Tür.

„Second floor. Elevator is just around the corner. You have to use your card otherwise it wouldnt work. Have a good stay."

Auch im Zimmer musste er die Chipkarte einstecken, damit das Licht anging und auf dem Fernseher ein Willkommensgruß erschien. Er setzte sich aufs Bett und überdachte die Lage. Immerhin war er nicht mehr in Krakau sondern in Sandomierz und er war reich. Wenn er auch nicht wusste wie reich und wie lange.

Als er nach einer knappen Stunde das Restaurant betrat, sah er keine Menschenseele. Eine breite, geöffnete Tür führte in den Innenhof. Dort saß Herbert an einem Tisch, umrahmt von zwei jungen Frauen, die irgendwelche exotischen Getränke vor sich stehen hatten und ihm erwartungsvoll entgegen starrten.

„Wo bleibst du denn?"

„Hab noch geduscht."

„Setz dich, was willst du trinken? Essen ist schon in Arbeit. Ich habe eine Grillplatte für uns bestellt. Das sind Mara und Ina. Such dir eine aus. Du bist mein Gast."

„Eigentlich habe ich gar keinen Hunger mehr. Ein Bier trinke ich."

Herbert winkte den Kellner, der urplötzlich aufgetaucht war, auch er livriert, und bestellte zwei Bier und den beiden Frauen neue Getränke.

„Ein guter Tag und ein prächtiger Abend. So lob ich mir das Leben. Sie verstehen kaum ein Wort, aber für uns wird es langen. Sie sind ja auch nicht zum Reden da. Ich denke, du nimmst die Mara, die kenne ich schon vom letzten Mal. Jetzt setz dich doch endlich oder traust du dich nicht?"

„Ich bin etwas überrascht."

„Der Sack muss geleert werden, jeden Tag. Das versteht sich von selbst. Schau die beiden warten nur drauf."

Das erste Bier trank er rasch, die folgenden auch und dann wurde die Platte gebracht, mit Salaten und Pommes und Reis und immer weiteren Bieren. Irgendwann verlor er den Überblick. Als er am Morgen aufwachte, lag er allein im Bett und ob nun Mara oder Ina gerade die Tür hinter sich zuzog, wusste er nicht. Er wollte nur schlafen, rappelte sich aber erschrocken hoch und tappte zum Schrank. Seine Tasche war unversehrt, er hatte das Schloss zuge-macht. Und wenn alles weg war, war es ihm auch egal, er wollte sich wieder hinlegen und wegdämmern. Die Sonne war noch nirgends zu sehen und nackt war er auch.

Am Vormittag waren sie wieder auf der Straße. Cant steuerte und Herbert riss die dritte Bierdose auf.

„Sag mal, was war das letzte Nacht und wo fahren wir eigentlich hin? Immer der Nase lang, ich sag es dir schon. Wir sind spät dran, weil du nicht aus den Federn kommst. Ich bin zwei Mal über den Markt gelaufen."

„Ich dürfte gar nicht fahren bei dem Restalkohol."

„Den hast du bei der Mara gelassen, die weiß, wie das geht."

„Keine Ahnung, ich kann mich an nichts erinnern."

„Als sie zu uns kam, mussten wir sie lange überreden, damit sie noch einmal die Beine breit machte, also tu nicht so unschuldig. Aber heute Abend darfst du für dich bezahlen. Das war mein Einstand und jetzt gib mal Gas. Das ist ein BMW und kein Käfer. Den bin ich vor dreißig Jahren gefahren. Ein wunderbares Cabrio, weiß, mit blauen Felgen. In das habe ich mich rein gesetzt und bin nach Spanien gerauscht in meiner Hochzeitsnacht und hab mich nach zwei Wochen bei meiner Angetrauten gemeldet. Damals gab's noch kein Mobiltelefon."

„Du bist alleine gefahren?"

„Was denkst denn du? Jetzt hockt sie mit den Töchtern in Wanlo und lässt mich nicht mehr in ihr Bett. Was könnten wir für ein schönes Leben haben in dem Palast, den ich ihr hingestellt habe. Willst du auch ein Bier?"

„Ich trink Wasser. Hab ich einen Brand."

„Der vergeht. Alles vergeht. Nur die Weiber bleiben. Komm mit ins Baltikum, da gibt's Russinnen, die saugen dich leer, dass du die Engel pfeifen hörst. Da vorne an der Ecke hältst du kurz, ich will Nachschub besorgen. Der Tag ist noch lang."

Lange würde er es mit diesem Menschen nicht aushalten. Aber weglaufen konnte er auch nicht. Am besten davonfahren, während er Bier einkaufte. Dann wäre der auch noch hinter ihm her. Tolle Aussichten! Irgendwann war etwas schiefgelaufen. Seitdem er zu Reichtum gekommen war, hatte er nur Probleme. Das Geld schien echt, denn der Typ, der am Morgen am Empfang arbeitete, hatte die Scheine ausgiebig geprüft und für gut befunden. Zumindest das. Wahrscheinlich würde er nur Bier kaufen und kein Wasser. Cant stieg aus, schloss den Wagen ab und hetzte in den Verkaufsraum. Herbert stand schon an der Kasse, er hatte einen großen Karton mit Bier und auch sechs Wasserflaschen auf dem Band.

„Was willst du verdammt? Du sollst im Auto warten."

„Ich ...."

„Schleich dich!"

Irgendwie schätze er den Typ falsch ein. Wie auch immer. Als der nach ein paar Minuten einstieg, knallte er die Kühltasche mit den Bierdosen und die Wasserflaschen auf die Rückbank.

„Wenn ich was sage, dann wird das gemacht. Hier lässt man kein Auto unbewacht rumstehen. Kapierst du das? Sonst kannst du zu Fuß weiter gehen."

„Ich wollte ...."

„Als dein Vater von der Revolution geschwafelt hat, habe ich meine erste Million gemacht. Merk dir das."

Cant war wütend und wollte aussteigen. Was sollte er hier? Er startete den Wagen und lenkte auf die Fahrbahn zurück. Sie schwiegen. Der andere nahm ein Bier und trank, lehnte den Kopf an die Scheibe. Heute noch. Morgen früh würde er allein weiter ziehen. Noch nie im Leben hatte er mit einer Nutte im Bett gelegen, und er hatte keine Erinnerung daran. Es war ein sonniger Vormittag. Eigentlich gefiel ihm die Landschaft. Links die Hügel und rechts der Fluss, der zuweilen zwischen den Weiden aufschien. Kaum andere Fahrzeuge. Manchmal ein Fuhrwerk. Auf einem Feld schnitt ein Traktor Furchen ins Braun und ein paar Störche stolzierten hinter ihm her. Herbert schien eingedöst. Einmal musste der Kerl ja schlafen. Cant ärgerte sich und grübelte darüber nach, warum er so verdammt harmoniebedürftig war. Es konnte ihm doch egal sein, was der Typ von ihm dachte. Kaum einen Tag lang kannte er ihn nun. Kannte ist gut gesagt. Die Gegend war hübsch, keine Hauser, keine Brücken über den Fluss. Gestern waren sie an einer Fähre vorübergekommen, ein altertümliches Gefährt, das am Ufer wartete. Wie im Mittelalter. Kaum hatte er dies gedacht, als die Straße in eine große vierspurige Brücke mündete, an dessen Ausgang ein Ort sich in den Hügel schob. Also doch Fortschritt und Moderne. Freilich neu war sie nicht oder zeitweilig ziemlich befahren, denn während er sie überquerte, musste er mehr Schlaglöchern ausweichen als auf der ganzen Strecke bisher. Restaurants, Läden, wenig Leute. Er erinnerte sich an die Niederbayernfahrten mit seinen Eltern bevor die Tourismusmanager zugeschlagen hatten. Eggenfelden. Lediglich in der Eisdiele vom Italiener herrschte reges Treiben. Jetzt liefen dort Türkinnen herum, argwöhnisch beäugt von den Einheimischen, die bei den Touristen Verständnis suchten für das Ende von dem, was sie für Heimat hielten. An einer Kreuzung fuhr er links Richtung Warschau, und weil kein Widerwort kam, hatte er wohl die richtige Entscheidung getroffen. Außer dass er ab und an eine Dose aufriss, achtete sein Nachbar nicht auf die Welt. Scheißkerl! Oder doch nicht? Während er an seiner Dose herumknapperte, fing er an zu reden und erzählte von seinem Geschäftspartner in Lettland und sagte, der kenne einen alten Förster, der in der Nähe von Riga eine riesige Bunkeranlage im Wald entdeckt habe.

„Das wäre doch was für dich."

„Was soll ich mit einem Bunker?"

Als Cant fragend zu ihm hinschaute, sah er, dass Herbert ihn abschätzig musterte. Er nahm einen Schluck, bis er weitersprach.

„Der Mann ist in den Achtzigern und lebt also nicht mehr lange. Er scheint der Einzige zu sein, der von dieser Anlage weiß. Er hat als Jugendlicher gesehen, wie in den letzten Kriegswochen deutsche Lkw schwerbeladen und eskortiert durch sein Dorf und in den Wald fuhren und leer wieder zurückkehrten. Offensichtlich brachte die Wehrmacht alle Unterlagen und was weiß ich, ihre Kriegsbeute aus Riga und dem angrenzenden Baltikum dorthin, um sie vor den Russen in Sicherheit zu bringen."

„Und warum haben sie den Kram nicht heim ins Reich transportiert?"

„Wie denn? Der Landweg war abgeschnitten, weil die Russen schon in Ostpreußen standen und die Ostsee war auch riskant. Außerdem hatten sie kaum Frachtraum. Nein, die wollten das nicht sprengen oder verbrennen, die wollten das verstecken. Das war geheimes und wertvolles Zeug und sie hofften es vermutlich wieder zu kriegen, wenn die Lage sich besserte. Die glaubten ja immer noch an den Endsieg."

„Aber wenn die Anlage so riesig war, dann wussten doch die Einheimischen davon und zumindest die Bautrupps, die dort eingesetzt waren?"

„Die kannst du vergessen, das waren Zwangsarbeiter oder Kriegsgefangene, und wenn die nicht schon beim Bau umkamen, wurden sie anschließend liquidiert. Und die Einheimischen, wenn sie überhaupt was mitbekommen haben, schließlich war es eine sehr dünn besiedelte Waldregion, die werden sich gehütet haben, in die Nähe zu kommen. Die hatten andere Sorgen. Und nach dem Krieg saßen die Russen in den Wäldern, da durftest du nicht einmal Pilze suchen, wolltest du nicht riskieren erschossen zu werden. Nee, das Ganze geriet in Vergessenheit."

„Nur bei dem Förster nicht?"

Herbert spürte die Skepsis und schwieg, trank, und kramte eine neue Dose aus der Packung. Dann fuhr er fort:

„Ich erzähl dir das, weil das ein guter Stoff für dich sein könnte. Du bist doch Journalist. Die Sache muss man groß aufziehen. Die haben da nicht nur Schnapskisten verkramt, soviel ist sicher."

„Klar, von dem Bernsteinzimmer habe ich auch schon gehört. Ich habe in den letzten Jahren mitgekriegt, wie die Irren in jede Höhle Thüringens gekrochen sind um es zu finden. Und alles zum Ruhme des Führers. Da faseln die einen über abgestürzte Flugzeuge mit Goldschätzen an Bord und die anderen von geheimnisvollen Orten, wohin die überlebende Nazibande sich verkrochen hat. Das Internet ist voll von diesem Schrott. Ein DDR-Schreiber hat einen Roman über eine Himalaya-Expedition geschrieben, wo sie seinerzeit den germanischen Urmenschen oder was weiß ich, finden wollten, und der Engländer Harris bewunderte die Kolossalbauten, die in Berlin errichtet werden sollten. Es ist zum Erbrechen, welcher Kult seit 1990 um die Nazis getrieben wird. Und die Glatzköpfe ziehen randalierend durchs Land. Da mag ich mich nicht einreihen. Wirklich nicht."

„Du bist einfach ein pathetischer Kindskopf. Darum geht es mir doch gar nicht. Ich will einfach wissen, was die dort versteckt haben."

„Vielleicht noch ein paar Leichen. Mir ist jede einzelne zu viel."

Schönheit tritt ein ohne zu fragen, hatte er bei Cyprian Norwid gelesen. Nun fuhren sie durch Dörfer, lang gestreckt an der Straße, ohne erkennbares Zentrum. Zuweilen saßen alte Männer oder Frauen auf Bänken am Fahrbahnrand. Hinter den Zäunen standen

Holzhäuser und nur vereinzelte Gebäude aus Stein, bizarre Villenkonstruktionen, die weiter drinnen im Gelände Unterschlupf suchten. Manche noch im Rohbau. Einfache Holzgerüste klebten an unverputzten Wänden. Beton- oder Zementmischer dämmerten in aufgebrochenen Gartenflächen. Der letzte Ort, wo er sein Haus hin bauen würde. Bullige schwarze Autos kamen ihm entgegen, schossen vorbei. Irgendwo hatte er gelesen, dass diese Monster SUV hießen oder so. Ein merkwürdiger Kontrast zu der ärmlichen Umgebung. Von der Gleichzeitigkeit der Ungleichzeitigkeit berichteten auch die Satellitenschüssel auf oder an allen Häusern. Vereinzelt ragten noch waghalsige Antennenkonstruktionen in den Himmel. In einem Garten wälzten sich Schweine im Schlamm, bewacht von einem tobsüchtigen Hund. Links zum Fluss hin sah er ein paar Rinder grasen. Eigentlich liebte er diese Zeit, wenn der Mittag in den Nachmittag überging und das Licht allmählich weicher wurde. Nach zwei Flaschen Wasser hatte sich sein Kater beruhigt und er begann Hunger zu spüren. Am Vormittag im Hotel hatte er kaum etwas hinunter gebracht, außer Rühreier mit Speck. Das Herz der Finsternis, so hieß wohl ein Roman von Conrad. Handyklingeln schreckte ihn auf. Sein Nachbar kramte im Handschuhfach nach dem Gerät und quasselte los. Cant versuchte nicht zuzuhören. Ihn interessierte nichts mehr an diesem Menschen. Wieso hieß es eigentlich Handschuhfach? Kam wohl aus der Frühzeit der Automobile.

Herbert klappte das Telefon zu und schmiss es auf die Rückbank. „Wir übernachten in Kazimierz. Wie weit ist es noch bis dorthin?"
„Kazimierz? Keine Ahnung."
„Achtest du nicht auf die Schilder?"
„Ich dachte, wir fahren bis Warschau durch."
„Ich habe keinen Bock mehr. Außerdem habe ich Hunger und Durst und ich brauch Entspannung von dem Stress. Also fahr zu und trottle nicht so. Weit kann es nicht mehr sein."

Er riss eine neue Dose auf und versank wieder in Lethargie.

Der Kerl war die Pest. Wie sollte er morgen aus diesem elenden Kazimierz wegkommen. Nie gehört von dem Nest. Es gab immer einen Weg.

Tatsächlich erreichten sie Kazimierz nach kurzer Fahrt. Die kleine Stadt lag unterhalb eines Hügels am Fluss, an dessen Hang die Ruine einer Burg und drei Kreuze standen.
„Da hinten ist ein Hotel, wo ich schon mal war."
Der kannte das ganze Land.
Cant bog von der Hauptstraße ab, und am Rande eines Platzes mit alten Bürgerhäusern in eine schmale Gasse. Nach hundert Metern traten die Häuser zurück, und gaben den Blick frei auf einen baumbestandenen Park, in dem sich der Neubau eines Hotels erhob.
„Du kannst schon mal vorgehen. Zwei Zimmer. Ich hab noch was zu erledigen."
Cant schnappte sein Gepäck und trottete zum Hoteleingang. Sah ganz ordentlich aus. Nicht weit ins Zentrum. Vielleicht konnte er hier ein paar Tage bleiben. In den BMW würde er sich nicht mehr setzen. Aus und vorbei. Oben im Zimmer warf er alles auf den Boden und legte sich hin. Ein freundlicher Raum. Durch das Fenster schien die Sonne auf sein Gesicht. Er schloss die Augen. Versuchte nachzudenken. Stand auf, weil dies nicht gelang. Verstaute die Tasche im Schrank, zog den Schlüssel ab und ging auf den Flur. Der lag verlassen. Auch unten war Herbert nicht zu sehen. Er lief zur Ausgangstür und machte sich auf den Weg ins Zentrum des Ortes. Jetzt wo er nicht mehr im Auto saß, fühlte er sich elend, die Welt zerrte an ihm, die vergangene Nacht und der Verdruss mit Herbert. Er war ein Weichei, das keine Konflikte ertragen konnte. Die Flucht aus München und der sinnlose Versuch hier neu anzufangen. Aber was? Keine Zeile hatte er zu Papier gebracht. Scheißgeld lag in seinem Zimmer, von dem er nicht wusste, was damit anzufangen. Wenn alles so einfach wäre! Das verdammte Amerika von Kafka. Wenn er ein anderes, ähnliches Buch gelesen hätte, würde er dies in seinem Kopf herumwälzen. Etwas essen musste er und rasch ein

Bier trinken. Dies auf jeden Fall. Vielleicht konnte er dann wieder klarer sehen. Obgleich er sich auch sinnlos besaufen konnte. Geld genug hatte er dafür.

Am Stadtplatz lief er einen reich geschmückten Renaissancebau entlang auf eine Kirche zu, die auf einem kleinen Hügel unterhalb der drei Kreuze thronte. Durch Lauben konnte er gehen und an Verkaufsständen vorbei. Er sah eine Art Schnellimbiss, an dessen Eingang die angebotenen Speisen auf Fotos hergezeigt wurden. Sollte nicht so schwer sein zu bestellen und Piwo – Bier kannte er inzwischen. Er fand einen freien Tisch auf der Balustrade und setzte sich. Auch die Karte wies die gleichen Fotos auf, und als das Mädchen kam, zeigte er auf ein Gulaschgericht, bestellte ein Bier und schaute sich um. Überwiegend Leute in seinem Alter und jünger bevölkerten die Tische. Ältere liefen unten herum, trugen Einkaufstaschen. Ein paar Lebensmittelläden machte er aus, da konnte er sich nachher auch versorgen. Er wollte nicht weiter von Herbert abhängig sein, von seinem Wohlwollen, seiner Güte. Vermutlich saß der bereits mit diversen Damen am Tisch im Hotel, nachdem er noch einmal mit seiner Frau telefoniert hatte. Wanlo, keine Ahnung, wo das lag, irgendwo in Nordrhein-Westfalen. Auch egal. Seit er die Tasche mit dem Geld besaß, waren dies die ersten ruhigen Minuten. Er befand sich auf der Flucht. Vor wem, wenn er nur wüsste. Entweder jagten ihn die Russen oder die Polizei, oder gar keiner und er bildete sich alles nur ein. Am Nebentisch hatte ein Paar Platz genommen. Die Frau hübsch, mit sehr kurzem Rock, der Mann glatzköpfig mit einer mächtigen Goldkette auf der Brust. Warum die Frauen nur solche Typen mochten? Es war wie überall. Und mit denen sollte man später leben, nachdem sie ganz bürgerlich geworden waren, vermutlich jeden Überschwang bekrittelten und Tag und Nacht in die Kirche rannten. Bier und Gulasch wurden gebracht. Er leerte das Glas auf einen Zug und bestellte ein weiteres. Das Fleisch und die Soße schmeckten erstaunlich gut, auch die Kartoffeln. Er hatte das schon ein paar Mal festgestellt, dass in diesem Land die Kartoffeln noch nach Kartoffeln schmeckten, wie er das, so bescheuert es klang, aus seiner Kindheit kannte. In München wurden nur Schweinekartoffeln verkauft, wie seine Mutter sagte. In Restaurants bekam man sie mit Schale. Bloß weil sich keiner einen Afrikaner leisten konnte oder wollte, der sie schälte – die Bayern und neuerdings die Hilfskräfte aus den neuen Bundesländern waren vermutlich zu teuer - hatten die Sterneköche die ungeschälten Kartoffeln erfunden und ihren einfältigen Gästen eingeredet, die seien gesünder, denn die Nährstoffe säßen direkt unter der Schale. Wahrscheinlich stimmte das alles, doch er mochte ihre Kartoffeln dennoch nicht und die seltsamen Inszenierungen der Herren mit dem Kochlöffel noch weniger. Vermutlich würde der Schrott auch hier bald Einzug halten oder hatte es schon und er hockte bloß im falschen Lokal. Der Fortschritt war einfach nicht aufzuhalten. Nach dem Essen und einem weiteren Bier fühlte er sich gerüstet für die Welt. Halb sechs, viel zu früh, um ins Hotel zurückzukehren. Er ging in die Gasse aus der die meisten Leute mit Einkaufstaschen kamen und sah dort einen kleinen Supermarkt mit Obst und Gemüse vor seinem Eingang. Der Raum war vollgestopft mit Waren. Cant besorgte sich ein Sixpack Bier und stellte sich in die Schlange vor der Theke mit Fleisch und Wurst. Als er an der Reihe war, ließ er sich ein Stück Schinken abschneiden, 3 Semmeln geben und eine Tüte, in die er alles verstaute. Wie immer bezahlte er mit einem großen Schein, schob die Münzen in den Geldbeutel, der immer dicker und schwerer wurde. Irgendwann musste er die Münzen mal anschauen und versuchen sie loszuwerden, sonst würde er bald unter ihrem Gewicht zusammenbrechen. Jetzt hatte er auch noch eine schwere Plastiktüte. Weit konnte er damit nicht laufen. Ins Hotel zurück oder zu einer Bank im Park? In der Hotelhalle staute sich eine Touristengruppe, die mit einem Bus angekommen war, der vor dem Eingang parkte. Amerikaner, laut, dick und fett, voller Hamburger. Cant sah, dass Herbert im Restaurant saß und sein Mobil malträtierte. Er erhaschte seinen Blick und winkte ihm zu. Cant ignorierte die Aufforderung und kämpfte sich zum Fahrstuhl durch. Die ersten beiden Amerikaner fuhren schnatternd mit ihm nach oben. Ob Jane schon in Warschau war? Oder vielleicht ebenfalls in Kazimierz? Den Ort hatte sie erwähnt, wenn er sich richtig erinnerte. Im Zimmer lag letzter Sonnenglanz. Er stellte sich mit einem Bier ans Fenster und schaute auf die Dächer der Stadt. Er war müde und wach, kam sich nutzlos und schutzlos vor. Gern hätte er mit jemandem telefoniert, doch er wusste niemanden, dem etwas zu erzählen wäre. Keiner würde glauben, was geschehen war. Er schaute zum Bett, zum Fernseher. Er konnte jetzt nicht schlafen und fernsehen erst recht nicht. Er hatte schon in München den Apparat kaum noch angemacht. Wie nur ein Medium derart verkommen konnte? Kaum etwas, das er verstand. Er ging wieder hinaus an die frische Luft.

Die Sonne stand nicht mehr hoch über dem Horizont. Gelbes Licht floss über den Strom. In einer Stunde oder mehr würde es dunkel werden. Ein paar Leute lagen noch auf Decken im Gras und Angler standen am Ufer. Weiter weg, unter eine Weide, hockte eine Gruppe Jugendlicher um ein Radiomonster. Sie waren mit Fahrrädern gekommen. Cant schaute auf das leise vorbeiziehende Wasser. Er sah Lastkähne am Ufer vertäut und Lagerfeuer brennen. Rösser schnaubten in Futtersäcke. Knechte brachten die letzten Ballen und Fässer in die hohen Lagerhäuser und verzogen sich in die Schenken der Stadt. Vielleicht, dass damals noch Lieder erklangen bis zum Anbruch der Nacht und darüber hinaus. In wenigen Stunden würde es wieder hell werden und das Tagwerk der Schiffer aufs Neue beginnen. Im Frühtau zu Berge, wir ziehn fallera. Das passte nicht so recht zu dem Bild, eher das langegezogene Jahuii in Gotts Nam' der Flussschiffer vergangener Zeit. Sie führten ein hartes Leben und brachten die Welt voran. Wie jeder Mensch.
„Hallo Fremder!"
„Hallo!"
„Jetzt ist das Wasser wieder halbwegs sauber, nachdem die Kombinate pleitegegangen sind und ihren Dreck nicht mehr

einleiten können. So hat der Umbruch zumindest dem Fluss etwas gebracht."

Den Typ, der vor ihm stand, hatte er in dem kleinen Supermarkt gesehen. Ein paar Flaschen Wodka hatte er in seinen Beutel verstaut und war gegangen, bevor Cant an die Reihe kam. Eigentlich hatte er angenommen, dass der Markt längst geschlossen hatte, denn Obst und Gemüse waren vom Bürgersteig geräumt worden. Doch drinnen standen noch Kunden und das Schild an der Tür wies darauf hin, dass der Laden 24 Stunden geöffnet war und sieben Tage die Woche. Das Land sorgte gut für seine Menschen. So war er hineingegangen, hatte die Bierdosen genommen, die er hier auf der Bank am Fluss leertrinken wollte. Nun stand der Alte mit seinem Beutel vor ihm und musterte ihn neugierig. Nicht noch einmal Wanda. Er hatte genug.

„Zur Urlaubszeit kommen viele Fremde hierher."

„Ich reise morgen weiter noch Warschau."

„In die Hauptstadt? Da ist nichts zu entdecken, bleiben Sie hier. Die Metropolen sind nur interessant, wenn man sie aus der Ferne betrachtet."

„Von Warschau will ich weiter zum Meer."

„In den Städten leben Menschen, die ihren bäuerlichen Ursprung verleugnen, ihm heimlich nachtrauern und aus der Welt gefallen sind. Bleiben sie hier. Hier ist das Herz des Landes und hier lernen Sie Polen verstehen."

Na toll! Noch ein Irrer. Das zweite Bier konnte er mit ihm trinken, dann würde er sich schleunigst verziehen und vielleicht zu der Burgruine hinauf laufen.

„Darf ich Platz nehmen?"

„Es sei Ihnen unbenommen."

Selbst vernünftig reden konnte er nicht mehr.

Der Mann setzte sich umständlich und kramte aus seinem Stoffbeutel nicht bloß eine Schnapsflasche sondern auch zwei Gläser, die er mit einem Tuch ausrieb.

„Sie werden mir doch die Ehre erweisen."

Was sollte er dazu auch sagen, wenn's gleich um die Ehre ging?

Er schenkte die beiden Gläser randvoll, reichte eins Cant, machte eine Andeutung von Zuprosten und trank seines leer.

„Wissen Sie, ich bin Historiker und freue mich immer, wenn ich mich mit einem gebildeten Menschen in seiner Sprache unterhalten kann."

„Ich wüsste nicht, was ich erzählen soll. Ich bin auf Urlaubsreise."

„Erzählen Sie mir nichts. In Ihrem Alter fährt man nach Italien, Frankreich oder Griechenland, oder fliegt nach Mallorca oder auf die Malediven, aber kommt nicht nach Polen um Urlaub zu machen. Die meisten Ihrer Generation wissen doch gar nicht, dass hier Menschen leben, die so aussehen wie sie selbst."

Bisschen schräg, aber ganz Unrecht hatte er nicht, das musste man ihm lassen.

„Also gut, ich bin weggelaufen und suche das große Abenteuer."

„Trinken wir noch einen, das hilft beim Denken."

Er schenkte ein und trank wieder ex. Cant nahm einen Schluck Bier. Der Schnaps brannte fürchterlich.

„Sehen Sie, ich bin auch im Urlaub, drei Wochen schon. Zwei von ihnen verbrachte ich am Meer, in der Nähe von Stutthoff, wenn Ihnen das was sagt, in Kaltenberg, und jetzt bleibe ich noch ein paar Tage hier, bis ich mich wieder in meinem Archiv einschließe. Die Arbeit läuft mir nicht weg."

„Jetzt, wo Sie endlich frei forschen können, muss es Ihnen doch auf den Nageln brennen."

Jetzt schenkte er nicht mehr ein, sondern setzte die Flasche an den Mund und trank einen kräftigen Schluck.

„In der Tat, mehr als Sie denken."

„Worüber arbeiten Sie denn?"

„Das ist eine lange Geschichte."

„Die Sonne ist noch nicht untergegangen."

„Wie alt sind Sie?"

„Um die dreißig."

„Ich bin 48. Können Sie sich vorstellen, dass wir ähnliche Träume hatten?"

„Warum nicht."

„Dann sind sie der Erste. Kaum einer bei euch im Westen glaubt, dass wir früher hier normal leben konnten. Und die meisten Polen glauben es selber nicht mehr. Seinerzeit musste man in die Partei, wenn man etwas werde wollte und heute ist es nicht anders. Wir und die anderen hieß es damals. Das gab Sicherheit, man wusste woran man war. Jetzt ist es unbarmherzig geworden und wenn du nicht funktionierst, wird dir die Nase aufgeschlitzt als erste Warnung."

„Die Nase?"

„Alte Mafiamethode, kennen Sie das nicht?"

„Noch nie davon gehört."

„Sie müssen sich die Leute genauer ansehen. Nicht die ganz oben, ihre Vasallen."

Er trank und schaute auf den vorbeiströmenden Fluss. Offensichtlich waren die Gläser jetzt nicht mehr nötig. Aber er hatte ja noch eine zweite Flasche. Allmählich glitt die Sonne zum Horizont. Lange würde er nicht mehr bleiben bei dem seltsamen Vogel. Er leerte die Bierdose und warf sie in den Abfallkorb. Ein paar hatte er noch.

„Ich war bei KOR und Solidarnosc kein großes Licht, dafür war ich noch zu jung. Aber ich habe dennoch einiges mitbekommen. Zuviel wie ich heute fast glaube."

„Wie das?"

„Nachdem ich Geschichte und Germanistik studiert und mit einer Arbeit über die Gierek-Zeit meinen Doktor gemacht hatte, war mein erster Forschungsauftrag die Solidarnosc-Ära. Zunächst ging alles gut, es war ja eine Gruppenarbeit. Die Probleme begannen als ich mich mit den Finanzen beschäftigte."

„Polen war pleite. Der ganze Osten war pleite. Das weiß sogar ich."

Er musterte Cant, goss ihm dann wieder einmal ein Glas ein und nachdem er es ihm gereicht hatte, setzte er die Flasche an und trank sie leer. Anschließend fischte er die nächste aus seinem Beutel und stellte sie neben sich auf die Bank.

„Der Staat war nicht mein Problem, es waren die internationalen Hilfsgelder, die in diesen Jahren an Solidarnosc gingen. Das waren Millionen von Dollar und ich Einfallspinsel, so sagt man doch, wollte herausfinden, was mit denen geschehen war."

„Geld ist flüchtig."

„In den Achtzigern konnte man mit einer Million Dollar halb Polen kaufen. In meiner Zeit als Kurier habe ich Koffer voll Geld durchs Land geschleppt, nicht nur einmal, und ich hätte doch ganz gerne gewusst, wo es versickert ist, denn in den Neunzigern war alles verschwunden. Als ich anfing Fragen zu stellen, war ich rasch meine Arbeit los und stand auf der Straße, ehe ich mich versah."

„Der Sieger bestimmt, was zu fragen und erforschen ist. Sie wollten am Image von Solidarnosc kratzen, das ist nicht erlaubt. Solidarnosc hat gewonnen und Polen ist jetzt ein demokratisches Land. Damit basta."

„Sie sind Zyniker, mein Herr!"

„Realist. Wissen Sie, die Psychologen erklären uns, dass der Mensch in den ersten Lebensjahren geprägt wird und Elternhaus und Schule dann die Persönlichkeit ausformen, und jetzt erklären Sie mir mal, warum meine Kanzlerin aus der mecklenburgischen Provinz so wunderbar in unsere demokratische Gegenwart passt?"

„Wäre sie katholisch, würde ich sagen, es ist ein Wunder, aber sie kommt ja aus einem evangelischen Pfarrhaus, und da hält man wenig von Wundern."

„Weil ihr Vorgänger und seine Spießgesellen Demokratie und Sozialstaat erledigt haben, verwaltet sie ein europäisches Musterland. Geben Sie mir noch einen Schnaps."

Der andere füllte die Gläser. Cant trank und spülte mit Bier nach. Der Abend war nicht besser, als es der gestrige war. Bloß dass er auf einer Bank saß und nicht am Restauranttisch und keine Frau an seiner Seite saß, sondern ein Historiker, der mit dem Lauf der Welt haderte. Schlafen musste er auch einmal.

„Wissen sie, mein Herr, was mich tröstet, ist die Gerechtigkeit, die in der Historie liegt. Was wir jetzt nicht bearbeiten, werden unsere Enkel tun. Nichts geht verloren in der Welt und keiner kann Erkenntnis ewig unterdrücken."

„Und was machen sie so lange? Ihre Ohnmacht verwalten?"

„Wichtig ist, es an- und ausgesprochen zu haben, aber Sie haben Recht, meine Karriere ist nicht ganz so gelaufen, wie ich es erhofft habe."

Vom Kirchturm her fielen Stundenschläge in den Abend. Neun Uhr. Er trank seine Dose leer. Der andere spürte wohl, dass er aufbrechen wollte und schenkte flugs sein Glas noch einmal voll.

„Wissen Sie, dass es viele Flussgeister an der Weichsel gibt? Der Chef all dieser ist Utoplec, ein Greis mit langem Bart. Er ist ganz grün, auch der Bart ist grün und ein höchst gefährlicher Bursche, denn er zieht die Leute ins Wasser, damit sie ertrinken. Deswegen darf man nicht allein in der Weichsel schwimmen, noch sie allein in einem Kahn überqueren, denn Utoplec lauert überall auf seine Opfer."

„Sie als Historiker glauben dies?"

„Der Schriftsteller Mysliwski erzählt davon, dass in seiner Kindheit die Bauern, wenn es Hochwasser gab, mit der Peitsche zum Fluss gingen, um ihn in sein ursprüngliches Bett zurück zu zwingen. Wissen Sie, mein Herr, ich habe während meines Studiums gelernt, hinter unsere Wirklichkeit zu blicken. Wissen sie, dass auch der Katholizismus in Polen noch viele heidnische Elemente in sich birgt? Der Gott, der am Wegkreuz vor dem Dorf angebetet wird, ist der persönliche Gott der Dorfbewohner, der sich sehr wohl vom Gott des Nachbardorfes unterscheidet."

„Arbeiten Sie derzeit über die Rolle der katholischen Kirche? Das wäre sicher ein interessantes Thema. Bei uns sind die größten kirchlichen Heulsusen in der Politik oder Publizistik gelandet."

„Sind Sie von allen guten Geistern verlassen? Über die katholische Kirche schreibe ich nichts. Der Katholizismus in Polen hat solch eine Entwicklung genommen, dass jeder nur halbwegs vernünftige

Mensch einen weiten Bogen um die Kirche schlagen sollte, wenn er nicht den Verstand verlieren will."

„Ist aber nicht mein Eindruck, wenn ich die vollen Kirchen anschaue und von den Intellektuellen ist diesbezüglich auch nicht so viel zu hören."

„Wissen Sie, mein Herr, die Intelligenz neigt per se zum Verrat, das ist Teil ihres Wesens. Auch dies ein Projekt, das ich im Hinterkopf habe: Von Propheten, Sehern und Zauberern gibt es eine Entwicklungslinie zu den Narren an den Höfen des Mittelalters. In der Neuzeit ging ihr Wissen verloren und in eitler Selbstüberschätzung glaubt die heutige Intelligenz, sich mit der Herrschaft einlassen und selbst Macht ausüben zu können ohne Würde und Seele zu verlieren."

„Seele scheint mir kaum ein Beobachtungsfeld von Historikern."

„Ihr Verschwinden lässt sich in jeder Biographie aufzeigen. Und glauben Sie, mein Herr, das Misstrauen einfacher Leute gegen die Intelligenz ist berechtigt und angebracht. Ihr Geschäft ist der Verrat am Geist."

Diesmal trank er nicht, sondern starrte vor sich hin, auf und über den Fluss. Auf der Wasserfläche tanzte Laternenschein und verlor sich im Utoplec-Reich. Wolken waren aufgezogen, kein Sternenlicht drang durchs Himmelsgrau.

„Das zweite große Vorhaben, in das ich eingebunden wurde, war die Darstellung und Neubewertung des Warschauer Aufstandes. Und obgleich ich kein Militärhistoriker bin, war ich mit Feuereifer bei der Sache, bis, ja bis sich meine Interpretation und Thesen von jener meiner Kollegen zu unterscheiden begannen. Hauptstreitpunkt wurde das Verhalten der Sowjets, die im Sommer 44 zur Weichsel vorgestoßen waren und mit Vorauskräften in Praga standen, während im Warschauer Zentrum der Aufstand losbrach. Hätten sie die Weichsel überquert, so die These der polnischen Geschichtsschreibung und meiner Kollegen, wäre der Aufstand nicht gescheitert. Doch sie unternahmen nichts, weil sie in Lublin eine provisorische polnische Regierung ins Leben gerufen hatten und den von der Londoner Exilregierung befohlenen Aufstand nicht unterstützen wollten, um den Londonern keinen Einfluss auf die zukünftige politische Entwicklung Polens zu geben. Zudem erschwerten sie die Hilfe der Westalliierten, in dem sie ihre Landebahnen nicht freigaben, so dass diese kaum Luftunterstützung leisten konnten."

„Welche Landebahnen? Das waren provisorische Pisten, die für die Amerikaner kaum zu erreichen waren. Außerdem hatten die andere Probleme, die Invasion in Frankreich war in vollem Gang. Wissen Sie, mein Herr, meine Landsleute suchen sich seit Napoleons Zeiten die falschen Freunde aus. Der versprach ihnen die Wiederherstellung ihres Staates und ließ die polnischen Legionen in Spanien und Santo Domingo verbluten. 1939 machten die Engländer zwar viele Worte, aber nach Hitlers Überfall auf unser Land ließen sie es in Stich. Genauso ist es heute mit den Amerikanern. Sie stellen Raketen auf, doch kaum zu unseren Schutz und richten illegale Gefängnisse ein. Die Polen werden nie verstehen, dass alle erst einmal ihre eigenen Interessen verfolgen. Es gibt keine Freundschaft zwischen unterschiedlichen Völkern, bestenfalls gemeinsame Interessen. Doch dies ist ein waghalsiges Spiel, mein Herr, das lernt und weiß man als Historiker."

„So pessimistisch betrachte ich die Welt nicht. Ich fühle mich hier recht wohl."

„Die Polen und die Deutschen sind einander ähnlicher, als sie es sich eingestehen wollen. Deshalb auch die Ausbrüche von Gewalt, besonders bei Ihrem Volk im letzten Jahrhundert. Es ist eine Frage der Macht. Macht neigt zur Hybris. Dafür sind Herrscher anfällig und moderne Politiker allzumal, weil die meisten keinen anderen als einen Parteihintergrund haben. Das ist meine Kritik an der modernen Demokratie, mein Herr, sie findet ihr Ende im Berufspolitikertum."

„So ein schöner Sommerabend und Sie machen mich mit weltpolitischen Einsichten fertig."

Cant hielt sein Glas hin.

„Einen trinke ich noch, dann muss ich in mein Hotel zurück. Ich bin fertig, erledigt."

Als der andere eingeschenkt hatte, sich auch ein Glas und sie getrunken hatten, woraufhin sofort nachgeschenkt wurde, fragte Cant:

„Und wie war das jetzt mit dem Aufstand und den Sowjets und dem ganzen Kram, den ich sowieso nicht verstehe oder jetzt zumindest nicht mehr so ganz verstehen werde?"

„Sehen Sie, mein Herr, für den Historiker ist nie etwas so einfach, wie es sich für den Laien darstellt. Betrachtet man die Dokumente, lässt sich feststellen, dass die Sowjets nicht so blindwütig vorstürmten, wie die Deutschen bei ihrer Aktion Barbarossa. Die Schüler, denn wir wissen, dass ein großer Teil des sowjetischen Offizierskorps von der Wehrmacht ausgebildet wurde, handelten klüger als ihre Lehrmeister. Sie setzten sich bei ihrer Offensive strategische Ziele, nachdem diese erreicht waren, hielten sie ein, sicherten die Front, das Hinterland, schafften die Gefangenen fort und brachten Nachschub nach vorne. Erst dann setzten sie sich neue Ziele."

„Und im Sommer 44 war die Weichsel ihr Ziel?"

„Richtig, und nördlich von Warschau in Ostpreußen gab es jenseits des Bug noch heftige Kämpfe, die Front knickte hier nach Osten ab. Wären nun die Sowjets mit Vorauskräften bei Warschau über die Weichsel gegangen, hätte diesen Brückenkopf von deutschen Verbänden eingekesselt und vernichtet werden können. Mit unabsehbaren Folgen. Kein Wunder also, dass sich die Sowjets darauf nicht einließen."

„Sie ließen also die Aufständischen untergehen."

„Das ist richtig, aber bedenken Sie, der Aufstand war zu diesem Zeitpunkt ein Unternehmen, das militärisch scheitern musste. Mein Herr, ich bin Pole und sicherlich der Letzte, der den heldenhaften Kampf der Aufständischen nicht würdigen will. Mit Erzählungen darüber bin ich groß geworden wie jeder meiner Generation. Als Kind und Jugendlicher kämpfte und starb ich in jeder Straße und jedem Kellerloch. Als Historiker lernte ich erkennen, dass meine Mitkämpfer und ich für die Politik der Londoner Exilregierung unser Leben ließen. Zu Zeiten der Volksrepublik waren objektive Nachforschungen kaum möglich. Der Mythos wuchs und behält auch heute noch seine faszinierende Kraft, auch wenn nun viele Dokumente zugänglich sind, die erkennen lassen, dass die diversen Untergrundarmeen in Polen durchaus nicht alle hinter dem Aufstand standen. AK-Verbände aus Krakau zum Beispiel wollten zunächst nach Warschau und die Aufständischen unterstützen. Sie kehrten um, nachdem sie erkannten, dass die Sache aussichtslos war."

„Dergleichen wollten Ihre Kollegen nicht hören?"

„Damals gab es noch Überlebende, auch heute noch ein paar, sie schweigen erneut, denn keiner will es wissen, geschweige denn publizieren. Diese Arbeit werden wir unseren Enkeln überlassen müssen. Solange sitze ich hier und leere meine Flasche an der Weichsel, dem polnischen Schicksalsfluss. Diese Flasche schaffen wir noch."

Bevor Cant abwehren könnte, sah er sein Glas aufs Neue gefüllt. Inzwischen war es ihm fast egal. Irgendwie gefiel ihm der Unglücksvogel und so schlecht schien es ihm nicht zu gehen, immerhin hatte er genug Geld um Wodka zu kaufen. So ganz unähnlich war er diesem Eiferer in Krakau nicht. Dessen „Wanda, Wanda" klang noch in seinem Ohr. Er trank den Schnaps und ließ sich wieder einschenken.

„Eigentlich wollte ich zu den drei Kreuzen hoch laufen. Dazu ist es jetzt zu spät."

„Wir trinken aus und gehen dann. Ich bin oft dort oben. Man hat einen wunderbaren Blick über Kazimierz und das ganze Tal. Und eine Flasche habe ich auch noch."

„Mir reicht's, mir reicht's schon lange. Und was arbeiten Sie jetzt?"

„Jetzt hocke ich im Archiv in Drohiczyn, einer kleinen Stadt nicht so fern von hier, oben am Bug. Es ist eine alte Stadt, die schon im 11. Jahrhundert ein befestigter Ort Masowiens war an der Grenze zu den heidnischen Gebieten im Osten. Ein paar Jahre lang war Drohiczyn auch mal von den Preußen besetzt. Im 2. Weltkrieg war die Stadt geteilt, die Deutschen standen auf der einen Seite des Bug, auf der anderen die Sowjets. Am Abend vor dem Barbarossafeldzug, wie ihr diesen Krieg nennen wolltet, gab es ein Fest. Russen und Deutsche feierten und tranken, die Russen wohl ein wenig heftiger, und als am nächsten Morgen der Krieg begann, lagen die meisten noch betrunken in ihren Träumen. Sie wurden abgeschlachtet, danach kamen die Juden dran, die nach Treblinka verschleppt wurden, denn Drohiczyn, wie so viele in Polen, war auch eine jüdische Stadt. „Der Morgen nach dem Fest" wird meine Arbeit heißen, wenn ich die Dokumente gelesen, sortiert und die wenigen Zeugen, die es noch gibt, befragt haben werde."

„Ein toller Stoff."

„Nicht ungewöhnlich für diese Region. Wie ist es, gehen wir hinauf zu den Kreuzen."

„Soll ich dort auf die Knie fallen und Abbitte leisten?"

„Mein Herr, ich bin Historiker, kein Zeitungsjournalist und auch kein Politiker. Mich interessieren die Fakten, sonst nichts. Was ist, trinken wir noch einen vor dem Aufstieg?"

Er schenkte Cant ein und setzte die Flasche an, trank sie leer und rappelte sich von der Bank hoch. Cant versuchte es ihm gleich zu tun, musste aber feststellen, dass alles nicht mehr so einfach war. Aber allein und in diesem Zustand zum Hotel zurück? Also trottete er dem Polen hinterher, der offensichtlich überhaupt nicht betrunken war. Ein seltsam trinkfestes Volk. Der Weg führte zunächst an der Weichsel entlang und Cant fühlte sich heftig angezogen von diesem dunklen Wassermeer. Man könnte versinken darin und alles wäre vorbei.

Nach mühsamen Stunden oder waren es Nächte, kamen sie oben an. Nichts außer sein Stolpern und Ächzen, weil der andere partout nicht anhalten und auf ihn warten wollte, war in seiner Erinnerung. Nie wieder würde er Wodka trinken und doch brauchte er jetzt einen Schluck, um wieder atmen zu können und Bier hatte er keines mehr. Das stand im Hotel neben dem Geld und neben dem Bett, in das er jetzt gerne hineingesunken wäre, nachdem es mit der Weichsel nicht geklappt hatte. Sie hockten sich auf eine Bank, im Rücken die drei Kreuze, die von Scheinwerfern angestrahlt, drohend die Nacht erhellten. Er hatte die Bedeutung dieses Symbols nie verstanden. Das war nicht richtig, verstanden wohl, aber nie gemocht. Er liebte Maria und das Jesuskind und die heitere Seite des Christentums. Die große Verheißung. Das Kreuz. Er weiß, dass beides zusammengehört. Bei aller Skepsis glaubte er daran. Wenn er nur nicht so besoffen wäre. Es hatte sich so ergeben. Ergeben, ein schönes Wort. Es war Nacht geworden, die Wolken hatten sich vollzogen und Millionen von Sternen standen am Himmel. Welch ungeheures Himmelsgewölbe über der kleinen Menschenwelt! Dafür zu leben, für diesen Augenblick!

„Wissen Sie, mein Herr, hier und eigentlich noch weiter im Osten finden Sie das Herz dieses Landes. Ich bin Historiker und damit ein Mensch der Dokumente, der Daten und Fakten und doch bin ich der Welt in Ehrfurcht verfallen. Schauen, lauschen, tasten, riechen. Erfahren, wie die Zeit leise bebt. Wir haben das Gespür für die Ewigkeit verloren. In den Städten gibt es keine Nacht mehr und die Jahreszeiten verlieren an Gewicht. Wir hetzen sinnlosen Dingen nach. Wissen Sie, mein Herr, wir überschätzen die eigene Wichtigkeit."

„Wir haben nichts anderes."

„Dann betrachten wir also den Sternenhimmel?"

„Warum nicht?"

„Ein Schlückchen noch?"

„Ich will nichts mehr, aber schenken Sie ein."

„Sie reisen weiter nach Warschau?"

„Das ist mein nächstes Ziel."

„Schade, ich hätte Ihnen hier so viel zeigen können."

„Ich brauche erst einmal eine Pause. Außerdem ist mir das zu viel Schnaps. Eigentlich trinke ich nur Bier."

„Das machen inzwischen die meisten meiner Landsleute auch. Sie haben sich bändigen lassen. Wodka war Usus in der Volksrepublik, Jetzt trinken sie Bier, deutsches, dänisches oder belgisches und treiben ihre Kinder in den McDonalds. Was weiß ich."

„Ihr habt doch ausreichend eigene Brauereien."

„Das täuscht mein Herr, nur dem Namen nach, inzwischen haben fast alle ausländische Besitzer. Das ist bei den Zigaretten ebenso und bei fast allen anderen Gütern. Den Verlagen, den Zeitungen. Grad, dass wir selber keine Ausländer sind. Stellen Sie sich mal ein Land voller Leute vor, die alle keine Einheimischen sind."

„Wo ist da das Problem, ich denke, sie wären alle tolle Patrioten."

„Da haben sie auch wieder Recht."

„Wissen Sie, mir gefällt das, alle brüllen rum, toben, schlagen sich die Köpfe eine, und eigentlich ist alles Unsinn."

„Solange der eigene Kopf nicht eingeschlagen wird, mag es ja angehen. Leider lehrt die Geschichte, mein Herr, dass dem nicht so ist. Das heißt die Geschichte lehrt es nicht, sie stellt es dar."

„Dann auf die Geschichte und die Lehren, die wir aus ihr ziehen."

„Da widerspreche ich nicht."

Sie tranken und schauten auf die kleine Stadt zu ihren Füßen. In die Nacht fiel im Osten ein winziger Schimmer des nächsten Morgens. Des nächsten Tages. Natürlich hatte er keine Termine. Noch irgendwelche Verabredungen. Er hockte überwach auf dieser Bank und wollte schlafen. Fort aus diesem Meer aus Schnaps. Einfach sich anderswo hinsetzen in dieses Land. Sich umschauen. Nachdenken, was es ihm erzählte und was er damit anfangen konnte. So wie Flaherty sich in den Louisiana Sumpf gesetzt hatte, bis dann die Louisiana Story entstand. Aber vielleicht war er einfach hundert Jahre zu spät geboren. Heutzutage ...

„Gib mir noch einen Schluck."

„Viel haben wir nicht mehr. Der Morgen graut. Als 1939 der Krieg begann, hörten unsere Soldaten ein unheimliches Dröhnen, das immer lauter wurde, dann brachen die deutschen Panzer ins Land.

Wissen Sie und ich sage dies auch, mein Herr, damals war ich noch nicht auf der Welt."

„Ich auch nicht."

„So haben wir etwas gemeinsam. Vieles ist es nicht, Sie vertragen keinen Wodka."

„Ach rutsch mir doch den Buckel runter."

„Versteh ich nicht."

„Ist so 'ne Phrase."

„In Ihrer Sprache gibt's eine Menge: Arbeit macht frei ist hier noch in guter Erinnerung."

„Haben Sie mich auf den Berg geschleppt um mich vorzuführen?"

„Verzeihen sie, mein Herr, aber manchmal kann ich mich nicht bremsen. Also ein Schlückchen noch, damit wir das leidige Thema beenden."

Er schenkte ein. Sie tranken und lehnten sich auf der Bank zurück. Es war ein schöner Anblick, unten brannten die Lichter der Stadt vor dem Dunkel der Hügel, mit dem schwarzen Band des Flusses. Er musste ja nicht heute weiter, würde lange ausschlafen, konnte ein paar Tage bleiben, wieder nüchtern werden und überlegen, was er unternehmen wollte. Erst einmal das Geld zählen, damit er wusste, wie viel es war. Ab und an fuhren Autos die Straße am Fluss entlang, an dem Ort vorbei. Zwei Lichter, die von Süden kamen bogen ab und hielten am Marktplatz, blieben dort, aufgeblendet. Vielleicht war Markttag heute und die Leute wollten sich einen guten Platz sichern oder hatten viel aufzubauen.

„Ich kann nur in Städten leben. Ein paar Urlaubstage lang mag so eine Gegend angehen. Aber dann muss ich wieder zurück ins Getriebe."

„Alles ist relativ. Wissen Sie es gab eine Zeit, da war diese Gegend von Weichsel, Bug, Narew und Niemen, bei euch heißt der Fluss Memel, ein bedeutender Kulturraum. Unterschiedliche Völker und Volksgruppen lebten hier. Sie lebten die meiste Zeit friedlich miteinander. Die Geschichtsschreiber vernachlässigen diese Epochen, weil scheinbar nichts aufregendes geschah, dabei sind solche Zeiten mindestens ebenso bedeutsam in der Geschichte eines Landes wie die anderen der Schlachten, der Heldenlieder und der namenlosen Opfer. Wissen Sie, mein Herr, ein einfacher Mensch, der achtzig Jahre seines Lebens redlich verbracht hat, ohne aufzufallen, hat ebenso viel geleistet, wie der, dessen Name in den Geschichtsbüchern steht."

„Das sagen Sie in unserem verrückten Medienzeitalter, wo ein Mensch erst ein Mensch ist, wenn er Schlagzeilen macht."

„Die Menschen haben ihren Verstand verloren. Auch Sie sind auf der Suche, vielleicht sogar auf der Flucht, so wirken sie auf mich."

„Ich bin müde und gehe jetzt."

„Sind Sie morgen noch hier in Kazimierz?"

„Morgen? Heute! Ich weiß nicht, ich muss erst einmal schlafen. Machen Sies gut."

Cant erhob sich abrupt, rannte den Weg zurück, den sie gekommen waren, sich umdrehend sah er den andern die Flasche an den Lippen halten und als er den Blick bemerkte ihn zuwinken. Beinahe wäre er gestolpert und zwang sich auf den Weg zurück. Er wollte in sein Zimmer und an nichts mehr denken. Aus. Finito. Was auch immer.

Der Pfad wurde immer steiler und auch länger, desto weiter er hinabstieg. Kaum vorstellbar, wie sie hier hoch gekommen waren. Zu sehen war kaum noch etwas, gerade, dass er Hang und Böschung erahnte. Der Alkohol hatte ihn in Überwachheit hineingeschoben, gepaart mit Angst. Im Zimmer würde er erst einmal ein Bier trinken müssen um aus dieser Stimmung herauszufinden.

Als er die ersten Häuser erreichte, verlor sich das Gefühl ein wenig, doch seltsamerweise, vielleicht weil der Weg nun ebener verlief, wich die Sicherheit, er hatte den Eindruck sich an Hauswände anlehnen zu müssen, damit er nicht das Gleichgewicht verlor. Der Stadtplatz lag leer und verlassen im Schein der Straßenlampen. In den Restaurants oder Läden, nirgendwo brannte ein Licht, selbst die Reklame war ausgeschaltet. Die Zeit der Häscher. Am Ende des Platzes, an der Gasse zu seinem Hotel parkten

zwei schwarze Limousinen-Monster. Er sah Zigaretten im Innern glimmen und als er näher kam, wurde eine Tür aufgestoßen, ein Mann kam aus der Gasse. Er hörte Stimmen. Russisch wie ihm schien. Aufgeregt zischend. Er machte, dass er an der anderen Wagenseite vorbeikam, duckte sich in eine Nische und lauschte. Der Hotelname fiel und wiederholt ein anderes Wort, das er nicht verstand. Irgendetwas war hier im Gange. Er schaute, dass er davonkam, beruhigte sich erst, als er in der Hotelhalle stand. Er ging zum Empfang den Schlüssel zu holen. Als der Alte ihn hinschob, fragte er, schaute er ihn höchst merkwürdig an, blickte zur Tür, als ob er jemanden erwarte und setzte zum Reden an. Cant zögerte und schaute ihn fragend an. Doch der Mann sagte nichts. Sein Blick ging noch einmal zum Eingang, dann drehte er sich dem Computer zu und tat, als müsse er dort unbedingt etwas überprüfen. Cant blieb noch einen Augenblick erstarrt und drehte sich ab. Weil er wusste, dass er es im Fahrstuhl nicht aushalten würde, nahm er die Treppe. Er stolperte an der ersten Stufe, vermied den Sturz und tastete sich das Geländer entlang nach oben. Gewiss hatte der Alte etwas auf dem Herzen, rückte aber nicht damit heraus. Er schaute noch einmal nach unten, der Mann war weiter mit dem Computer beschäftigt, daneben stand ein Telefon. Er musste Herbert wecken. Wie? Er kannte seine Zimmernummer nicht. Also zurück und fragen. Das war unmöglich. Also anrufen vom Zimmer aus. Die Leitung war frei. Er erhielt die Nummer, Herbert wohnte gleich nebenan. Der Rausch war verfolgen. Pure Angst ließ ihn die Bierdose aufreißen und leer trinken. Sie waren ihm auf die Spur gekommen. Was tun? Wohl kaum konnte er ihnen einfach das Geld aushändigen. Sie würden ihn umbringen. Das war sonnenklar. Scheiße noch mal. Vielleicht gab es eine Möglichkeit abzuhauen. Herbert. Herbert musste ihm helfen. Wenn er ihn anrief, würde er nicht abheben. Also klopfen, bis er aufmachte. Der Kerl schlief doch sowieso nie. Tatsächlich war er gleich an der Tür.
„Du?! Was willst du denn mitten in der Nacht von mir?"
„Wir müssen weg. Ich muss weg. Sofort. Die Nacht ist vorbei."

Es dauerte eine Weile, bis er kapierte und natürlich musste er ihm eine Lüge auftischen, von Schlägerei und Beleidigung. Er wusste kaum, dass er es ausgesprochen hatte, nicht mehr, was er gesagt hatte. Und er sah, dass ihm Herbert kein Wort glaubte, doch zumindest verstand er, dass es ernst war und eine Viertelstunde später standen sie unten in der Halle und beglichen bei dem Alten ihre Rechnung.

Cant fragte ihn, wie lange man nach Warschau führe. „Zwei, bis drei Stunden", war die Antwort.

„Dann schaffen wir es ja noch rechtzeitig."

Er stupste Herbert an, weil der verdutzt schaute, nachdem sie doch oben noch ausgemacht hatten, die Strecke über Lublin zu nehmen. Draußen erklärte er ihm dann, dass er die Verfolger auf die falsche Fährte locken wollte.

„Und du meinst, die sind so blöd?"

„Keine Ahnung, auf jeden Fall können wir nicht am Stadtplatz vorbei, dort warten sie auf mich. Wir müssen es hinten rum versuchen."

„Hinten rum? Keine Ahnung, ob da eine Straße ist."

„Hast du kein Navi?"

„Son Scheiß brauch ich nicht. Ich kann Karten lesen."

„Dann brechen wir durch. Du fährst. Ich bin besoffen."

„Mal ganz was Neues."

Als sie aus dem Parkplatz herausfuhren, war nicht zu erkennen, ob sie jemand beobachtete oder bemerkte. Die rückwärtige Straße führte in einen Wald ohne dass sie ein Hinweisschild auf eine nächste Ortschaft sahen. Immerhin war sie breit und es sah nicht so aus, als ob sie jäh im Nirgendwo endete. Dunkelheit empfing sie wieder, der Morgen war noch nicht in den Wald vorgedrungen. Cant beruhigte sich allmählich, wenn die Russen erst gegen sieben ins Hotel zurückkehrten, sollten sie rund zwei Stunden Vorsprung haben. Er hätte gerne eine Zigarette geraucht, aber nachdem Herbert gleich am ersten Tag, als er sich im Auto eine anzünden wollte, die Packung samt Feuerzeug aus dem Fenster geworfen hatte, besaß er keine Zigaretten mehr und vermisste sie auch nicht. Er langte in seine Tasche auf dem Rücksitz und fischte eine Bierdose heraus.

„Säufst du heute?"

„Nach drei Flaschen Wodka muss ich nachspülen."

„Da stimmt nichts an deiner Geschichte. Wo warst du die ganze Zeit? Ich habe auf dich gewartet gestern Abend."

„Ich erzähl dir's mal. Lasse uns erst einmal herausfinden, wo wir sind und wie wir weiter kommen."

Tatsächlich stießen sie hinter dem Wald auf eine Ansiedlung und dort auch ein Verkehrsschild, das sie weiter wies. Nach einer halben Stunde kamen sie auf eine Hauptstraße, die links nach Lublin abging.

„Na also, da wären wir ja wieder in der Welt."

„Ich hoffe, dass wir ein bisschen Vorsprung haben. Es sind zwei Autos voll mit Russen."

„Russen? Kleiner ging's nicht? Da musst du gestern ja mächtig auf die Pauke gehauen haben."

„Die verfolgen mich schon seit Krakau."

„Drei Flaschen Wodka sind wirklich viel."

„Nein ehrlich. Gestern war nix, da saß ich mit einem irren Historiker zusammen, der hat mich abgefüllt."

„Und die Russen?"

Cant erzählte ihm die Geschichte, er erzählte alles und je mehr er erzählte, desto unglaubwürdiger kam ihm alles vor.

„Du steckst in der Scheiße."

„Ich weiß."

„Und ich auch."

„Tut mir leid."

„Hilft mir wenig. Diese Leute fragen nicht. Aber wieso sind sie nicht ins Hotel gekommen, der Portier war doch kein Problem?"

„Keine Ahnung, vielleicht waren sie sich nicht sicher. Die ham kein Zimmer bezahlt und ins Hotels dürfen nur zahlende Gäste oder solche, die bezahlt werden."

„Noch so ’n Witz und ich fahr die Böschung runter. Ich hätte dich nicht auflesen sollen. Ich nehme sonst nie jemanden mit. Weiß selber nicht, welcher Teufel mich geritten hat.“

„Ich auch nicht, aber hätte ich die Tasche liegen lassen sollen?“

„Wir müssen versuchen nach Litauen durchzukommen. Dort kenne ich Leute, die uns helfen können.“

„Bis dahin ist’s noch weit.“

„Ich bin schon mit anderen Problemen fertig geworden. Versuch jetzt zu schlafen. du siehst beschissen aus.“

„Du hast gut reden.“

„Hab ich.“

Cant betrachtete ihn aus den Augenwinkeln, der unmögliche Typ von gestern schien total verwandelt. Wach und konzentriert steuerte er den Wagen und warf ab und zu einen Blick in den Rückspiegel. Dort fuhr kein Auto, sie waren allein auf der Straße. Kein Bier, das ihm gereicht werden musste, das trank jetzt Cant. Noch nicht einmal das Radio hatte er angestellt. Cant nahm noch eine Dose aus der Tasche.

„Die letzte, dann schlafe ich.“

„Es reicht allmählich, du verträgst nämlich nichts.“

Es wurmte ihn mächtig, dass er sich in die Hände dieses windigen Gesellen begeben musste und hatte. Aber er hatte keine andere Wahl. Jetzt nicht und in den nächsten Stunden auch nicht. Er konnte bloß hoffen, dass er mit ihm nicht nach Litauen musste. Aufs Baltikum hatte er überhaupt keinen Bock. Er wusste noch nicht einmal genau, wo es lag. Geld brachte lediglich Probleme, sonst nichts. Seit er es genommen hatte, war er nicht mehr er selbst gewesen und von einem Blödsinn zum nächsten getappt oder von einen Schnaps zum nächsten. Die leere Dose aus dem Auto werfen würde jetzt auch nichts mehr bringen. Sie waren ihm auf der Spur. Die Russen waren ihm auf der Spur. Gott wusste, warum, besser, wie ihnen das gelungen war.

„Wie haben die mich eigentlich aufgestöbert?“

„Dich? Uns! Die haben ihre Leute überall.“

„Na toll!"

„Wir müssen fahren und die großen Hotels meiden. Dann haben wir eine Chance."

„Es tut mir leid, dass ich dich da reingezogen habe. Ich weiß noch nicht mal, wie ich selber reingekommen bin, ich habe einfach nicht nachgedacht."

„Bei viel Geld verlieren alle Leute den Verstand. Deshalb mache ich meine Geschäfte. Weißt du, das habe ich schon als Student begriffen. Sie verlieren den Verstand und werfen ihre so genannten moralischen Grundsätze auf den Müll. Das war bei den 68ern so, ist heute bei den Grünen so, sobald sie an die Fleischtöpfe gelangen, schmeißen sie alles über Bord. Das ganze Gerede war und ist nur Fassade. Da lob ich mir die Konservativen oder auch die Liberalen, da weiß ich wenigstens woran ich bin und mit wem ich es zu tun habe."

„Du baust mich nicht gerade auf."

„Ich bin fast dreißig Jahre älter als du und weiß wovon ich rede."

„Ich bin weggelaufen, weil ich solche Sätze nicht mehr hören wollte."

„Jetzt bist du mitten drin. Jeder muss mal erwachsen werden. Allerdings könnte es sein, dass diese Phase bei dir ein bisschen kurz ausfällt, angesichts der Bedrohungslage."

„Als Komiker habe ich dich bisher nicht kennen gelernt."

„Wolltest du nicht schlafen. Ruh dich aus, ein Schlaflied werde ich dir allerdings nicht singen, denn du bist schon ein ziemlicher Mistkerl."

„Wenn man Freunde hat, braucht man keine Feinde mehr."

„Weißt du, die Sprüche meiner Generation waren schon Zitat unserer Vorvorderen, die waren nämlich gar nicht so dämlich, wie man heute glaubt, aber die der deinen, sind nur ein elender Abklatsch. Schlaf jetzt endlich. Ich habe nämlich nicht vor, die ganze Strecke zu fahren."

Er versuchte die Augen zu schließen. Blitzende Gedankenwolken trieben durch das Nichts. So öffnete er sie wieder und versuchte, die vorbeiziehende Landschaft zu betrachten. Doch auch ihr Anblick ließ die Blitze nicht verschwinden. Ein paar Bier und ein weiches Bett, dann würde er irgendwann wegdämmern. Daran war nicht zu denken. Das machte alles keinen Sinn, schon tagelang nicht.

„He du!" Er wollte sich auf die andere Seite wälzen und wieder eintauchen ins Dunkel.

„Wach endlich auf, verdammt noch mal!"

Er schlug wütend nach der Hand, die ihn rüttelte und knallte auf irgendetwas. Es tat höllisch weh. Er sah nichts, weil er die Augen nicht aufmachen konnte. Vielleicht war er erblindet nach diesem Schnaps. Als er endlich etwas erkannte, sah er, dass er in einem Auto saß. Ein Auto mit dreckiger Frontscheibe. Die Hand schmerzte, der Rücken, als er sich aufrichten wollte.

„Verdammt! Spinnst du komplett?"

„Jetzt reg dich ab. Du liegst seit Stunden wie ein Toter im Auto rum und ich habe dich gefahren. Mir reicht's jetzt."

„Mir auch. Ich muss mal nach draußen."

Mühsam rappelte sich Cant hoch, öffnete die verdammte Tür und stakste aus dem Auto. Auf einem Parkplatz waren sie gelandet. Na toll. Zwei Büsche und ein Feld. Da hätte er auch in München bleiben können. Drei Birken lungerten herum. Leichenbäume. Während er am Reißverschluss seiner Jeans herumfummelte, starrte er auf die Bäume und sah ein Pferdefuhrwerk weiter hinten auf einer Wiese. Eine Frau schmiss Heu auf die Ladefläche und ein Mann stampfte es fest. Er rückte einen halben Meter zur Seite, damit er nicht genau in ihrem Blickfeld stand. Das wär das Letzte, wenn jetzt auch noch die Bäuerin ihm hinterherrennen würde und der Bauer die Schrotflinte zog. Als er zum Wagen zurücklief, merkte er, dass sein rechtes Hosenbein feucht war. Auch egal. Jetzt brauchte er eine Dusche und etwas zu essen.

„Wo, sind wir eigentlich?"

„Kurz vor Białystok."

„Nie gehört."

„Warum fragst du dann?"

„Weil ich Hunger habe und eine vernünftige Auskunft haben möchte."

„Sonst geht's dir gut?"

„Mein Gehirn versucht aus dem Schädel zu kriechen, sonst geht's."

„Du bist nicht einmal aufgewacht, als ich getankt habe."

„War wohl auch nicht nötig, aber Essen muss ich etwas."

„In der Stadt sollte das kein Problem sein, aber das ist mir zu riskant. Ich weiß ein kleines Hotel Richtung weißrussische Grenze, dort werden wir halten und übernachten. Und vielleicht können wir auch etwas Spaß haben, wenn es noch so ist wie es war."

„Du hast auch nichts anderes im Sinn."

Ebenes Land. Birken und Kiefernwäldchen auf sandigem Boden, die zahlreiche Pilze vermuten ließen. Auf den Feldern stand das Getreide. Pferde grasten auf Wiesen. Viele alte Holzhäuser mit hübschen Veranden und bemalten Fensterläden. Sonnenblumen schaukelten leuchtend in den Gärten. Neben den Toren zum Haus hockten alte Weiber und Männer mit Spazierstöcken auf schmalen Bänken. Sie schauten ihnen hinterher. Zuweilen galt es altertümliche Traktoren zu überholen, manchmal Fuhrwerke. Je näher sie der Stadt kamen, desto stärker wurde der Autoverkehr. Auch schwarze Monster tauchten aus dem Dieselrauch klappriger Lkw, langsam vor sich hin tuckernd, sehr zum Ärger der Insassen der Blechungetüme, die zu waghalsigen Überholmanövern anhoben und davon stoben. Bürgersteige und Straßenrand waren frisch gepflastert. sie endeten abrupt hinter dem letzten Haus. In den angrenzenden Wiesen standen zwischen Reklametafeln von Supermärkten, Waschmitteln und Elektronikkram hohe andere mit den EU-Sternen, die wohl ankündigten, dass die noch schmale Straße zum europäischen Verkehrsweg ausgebaut werden sollte. Als sich die ersten Hochhäuser der Stadt zeigten, wurde die Fahrbahn vierspurig mit hohen Banketten, die im Ödland endeten, auf dem Gerümpel und Pappeln oder Holundersträucher von noch nicht ganz gelungener Ordnung erzählten. Sie kamen zu einer Kreuzung, an der große Hinweistafeln auf Umgehungsstraßen hinwiesen.

„Sieh da, sie haben eine Ringstraße gebaut, die gab's vor ein paar Jahren noch nicht. Die scheinen viel Geld in den Straßenverkehr zu pumpen."

„Überall stehen die EU-Tafeln. Hat der Beitritt doch etwas gebracht."

„Die Milliarden kannst du nicht zählen, nur dass auch noch was ankommt und gleich soviel, das ist ungewöhnlich. Der hiesige Woiwode oder wie der Chef jetzt heißt, scheint ein ungewöhnlicher Mann zu sein. In anderen Gegenden geht sehr viel mehr in die Taschen von Politikern und Behörden und nicht zuletzt in jene der Bauunternehmer. Das ist bei uns genau so, aber hier im Osten kannst du das EU-Geld mit der Schaufel einsacken und du Einfaltspinsel klaust Geld von den Russen."

„Alles kann ich ja auch nicht wissen. Ist dir eigentlich was aufgefallen unterwegs?"

„Dann wären wir kaum hier, die Russen sind nicht so freigiebig wie die Brüsseler Bürokraten."

„Du kannst einem Mut machen."

„Bisher haben wir auf jeden Fall unheimlich viel Glück gehabt. Das werden wir feiern heut Nacht, das müssen wir sogar, denn man weiß nie, was der Morgen bringt im Osten."

Sie bogen rechts ab und kamen an Neubauten vorbei, einer Kirche, die sich kathedralenhaft in den Himmel reckte. Überall waren riesige Plakatwände, die einem einkaufen schickten. Herbert verließ den Ring und scherte auf eine Vorstadtstraße ein, an deren Seiten geduckte Häuser aus Holz und niedrige Steinbauten einander abwechselten. Auch hier wurden Fahrbahn und Bankette repariert, auf eine bessere Zukunft hin. Immerhin gab es auch sandige Wege, Obstbäume, Birken und Kiefern und Wald in der Ferne. Nach einer Kuppe bot sich ein weiter Blick übers Land in wie immer weiches Abendlicht. Doch die anderen Autofahrer wollten keinen Blick darauf verschwenden, sie rasten auf der linken Fahrspur hinab ins Tal, obgleich sich das gar nicht recht lohnte, denn nach ein paar hundert Metern wurde die Geschwindigkeit wieder auf 50 und bald auf 30 herabgebremst, was den meisten offensichtlich zu rasch kam

oder sie nicht wahrhaben wollten, so dass sie mit 80 weiter-
preschten, Herbert nicht, er scherte nach links zu einem Hotelareal.
Sie parkten hinter dem Haus und liefen mit ihrem Gepäck zum
Eingang an der Vorderseite. Das Hotel schien jüngst renoviert
worden zu sein, nicht so protzig wie anderswo, die Halle zeigte
freundliche Gediegenheit und die Zimmer waren ganz passabel. Cant
schaute aus seinem Fenster auf ein Freibad, an dessen Becken noch
reger Betrieb herrschte. Er überlegte, ob er hinunterlaufen und eine
Runde Schwimmen sollte, entschied sich dann doch für die Dusche
im Zimmer und war nach einer halben Stunde unten im Restaurant.
Herbert wartete bereits auf ihn, zwei Damen an seiner Seite, es
können auch vierzig Minuten gewesen sein, denn der Kerl schaffte
so was doch nicht so rasch. Oder doch?
„Ich dachte, du hast Hunger."
„Hab ich."
„Ich habe schon mal die Nachspeise bestellt. Das sind Barbara und
Magda. Sie leisten uns Gesellschaft. Gleich wird aufgetragen. Die
Getränke sind serviert."
„Ich trinke Wasser, sonst nichts."
„Wir fangen mit Champagner an. Du bist mein Gast. Nachher kannst
du trinken, was du willst."
So geschah es und dann kam das Essen, so viel, dass kaum Raum
auf der Tischfläche blieb, was ihm recht war, denn er hatte
tatsächlich Hunger. Er bestellte zwei Mal Wasser, wechselte dann zu
Bier und auch ein Wodka kam dazwischen. Irgendwann standen sie
auf und gingen auf die Zimmer, er schlief mit Magda, die mit ihm
gekommen war, obgleich sie soviel nicht miteinander geredet
hatten, die Sitzordnung hatte entschieden, dass sie ihm gehörte. Als
sie auf-stand um zur Toilette zu gehen, schaute er zum Fenster
hinaus, ein Flügel stand offen, dahinter war Nacht, dunkel und
schwarz, ein Auto fuhr vorbei und sein Motorenlärm verlor sich in
der Ferne. Magda kehrte zurück ins Bett, er schmiegte sich an ihren
Leib, er wusste, er würde sein Leben verlieren, liefe sie jetzt fort.

Er erwachte, als sie ihn verließ. Sie pochte an die Tür zum Nebenzimmer, tuschelte mit ihrer Kollegin, kam zurück zu ihrer Tasche, die auf dem Stuhle lag, ihre Kleider hingen auf der Lehne, kramte einen Gummi aus der Tasche und verschwand im angrenzenden Raum, in dem Herbert hauste. Wäre er nicht so müde gewesen, wäre er aufgestanden und hätte protestiert, doch es war noch dunkel und eh nichts zu ändern. Als er wieder erwachte, war der Platz neben ihm immer noch leer, die Sonne schien ins Zimmer und er fühlte sich entsetzlich verraten, so dass ihm nicht mehr gelang einzuschlafen. Er drehte sich auf den Rücken und starrte die Decke an. Kein Laut von nebenan. Das Fenster stand immer noch offen und er hörte, dass draußen der Tag begonnen hatte. Er stand auf und blickte zum Becken des Freibades hin. Ein Mann sammelte Abfall auf, sonst war noch nichts los. Es gab also noch Alltag und Normalität. Er konnte hinabgehen und schwimmen. Den ganzen Tag dort verbringen. Was ging ihn die Welt an? Die Sonne stand am Himmel wie jeden Tag. Er war eifersüchtig, dass Magda bei Herbert lag. Er lauschte und hörte nichts. Zumindest das. Er schlüpfte in seine Kleider und rannte aus dem Zimmer. Die Tasche ließ er, verschlossen zwar, doch einfach auf eine Ablage gestellt; sollten sie alles klauen und glücklich werden, was immer, er wollte mit niemanden mehr etwas zu tun haben. Er lief durch die Hotelhalle nach draußen und zu dem Freibad hin. Das Tor war verschlossen. Auf einer Tafel stand, dass erst um neun Einlass war, seine Uhr zeigte kurz nach acht. Er ging weiter die Fahrbahn entlang über eine schmale Brücke in den Ort hinein. Zwei Häuserreihen säumten die Straße. Er kam an einem kleinen Supermarkt vorbei, einem Kosmetikstudio und an einem Laden, bei dem Lampenschirme im Schaufenster hingen. Auf den Stellflächen vor diesen Läden standen Autos geparkt. Ein paar Leute waren unterwegs, Frauen, die Tüten schleppten. Aus manchen der Kamine stieg Rauch, obgleich doch Sommer war. Frisch hergerichtete Häuser standen neben solchen, die zu verfallen drohten. Am Ende der Straße ragten die Türme einer orthodoxen Kirche aus dem Laub von Kastanienbäumen.

Richtung Stadt war der Verkehr stärker als jener, der aufs Land hinausführte. Laster und Pkw, manche mit weißrussischem Kennzeichen, die wohl von der Grenze kamen. Er wollte in diese kleine Welt hineinkriechen, teilhaben an ihrem alltäglichen Leben, dem Rhythmus der Stunden, Tage und Jahre. Auch an einem Computer- und Elektronikladen führte sein Spaziergang vorbei. Sattelitenschüsseln, Programme und Spiele wurden dort angepriesen. Er würde nicht mit ihm fahren. Was sollte er dort? Den Millionen nachhetzen, wie Herbert es vorgab zu tun? Er scherte sich keinen Deut um dergleichen Geschäfte. War er nicht weggelaufen, weil das Streben nach Geld in München alles andere verdrängt hatte, selbst die Gemütlichkeit in den Biergärten seiner Stadt und erst recht auf dem Oktoberfest, zu dem die meisten Besucher neuerdings in Trachten hinrannten, selbstverständlich bei Aldi gekauft, denn an irgendetwas musste man ja sparen, nachdem die Wirte Maß und frischgeschlüpfte Hähnchen immer teurer machten, dass man sie glatt mit Gold aufwiegen konnte. Sinnlose Raffgier hatte alle gepackt. Sicher, auch hier im Osten waren die Menschen in die Falle gelaufen. Der Westen hatte Demokratie und Freiheit versprochen und sie in die Sklaverei des Konsums geschickt. Nicht so entsetzlich und ausweglos vielleicht, wie in seinen Kerngebieten, doch die Zukunft war absehbar. Sollte er mit Herbert ins Baltikum gehen, sich eine hübsche Russin zulegen, eine Villa kaufen und Kinder großziehen, die in schwarzen Monstern von Leibwächtern zur Schule gefahren wurden und später zum Studium in die USA gingen oder nach England, dort auf der London School of Economics herumquäkten und die Welt endgültig in den Abgrund rissen?

An der Treppe zu einem kleinen Warenhaus standen Frauen aufgereiht. In den Händen und zu ihren Füßen auf Plastikplanen am Boden ausgebreitet sah er Milch, Tomaten, Mohrrüben und Kartoffeln. Auch Schnaps und Speck. Kleine Körbe mit Pilzen oder Waldbeeren, die am gestrigen Tag, vielleicht auch in der Früh gesammelt worden waren. Manche hielten auch Strumpfhosen hoch, Hemden und Jacken, getragen und frisch gewaschen. Gestrandete der neuen Wirklichkeit, die zwar beschaulich, doch nicht für alle so gemütlich war, wie er es sich gerne eingebildet hätte. Und doch fühlte er sich diesen näher verbunden, als denen, die sich hinter ihrem Geld verschanzten, vielleicht auch deshalb, weil er wusste, dass er nie je hier stehen musste, um seine letzten Habseligkeiten unter die Leute zu bringen.

Als er zurückkam, war das Bad geöffnet, doch noch keine Gäste zu sehen. Cant zahlte den Eintritt und suchte sich einen Liegeplatz am großen Becken. Das Wasser war frisch und er musste sich überwinden einzutauchen, doch nach wenigen Augenblicken fühlte er sich wunderbar und begann seine Runden zu drehen. Er blieb lange im Wasser und verließ es erst, als ein paar Jugendliche laut kreischend vom Beckenrand hereinsprangen. Er trocknete sich ab und streckte sich auf dem Handtuch aus. Schade, dass er kein Buch hatte. Aber er wollte ohnehin nur solange bleiben, bis das Mädchen aus seinem Zimmer verschwunden war. Diese Verräterin! Eifersüchtig war er. Elend. Er erwachte von einem Schlag auf sein Bein, ein kleiner Junge war offensichtlich beim Fangenspielen über ihn gestolpert und wälzte sich weinend im Gras, sein Partner stand hilflos ein paar Meter daneben. Bevor Cant etwas machen konnte, kam die Mutter herbeigelaufen, nahm ihn in die Arme, streichelte seine Hand, auf die er gefallen war und blickte entschuldigend zu ihm. Er rieb sich die Augen, er musste lange geschlafen haben, denn inzwischen hatte sich die Liegewiese gefüllt. Schulkinder, Frauen mit Babys. Alle schwatzten und lachten und rannten herum. Cant setzte sich auf, sicher wartet Herbert schon wütend. Zehn Uhr zeigten die Ziffern an der Umkleidekabine. An nichts denken und hier liegenbleiben bis der Abend kam. Warum nicht? Im Frühstücksraum suchte er sich einen Fensterplatz und schaufelte am Büffet seinen Teller voll mit Rührei und gebratenen Speck, nahm drei Scheiben Brot. Er verspürte einen unbändigen Hunger und mampfte rasch alles in sich hinein. Vier Tassen Kaffee und drei Gläser Saft ergänzten das frugale Mahl. Als er aufschaute, war er der letzte im Saal, zwei Frauen begannen abzuräumen, eine blonde kam mir einer Kaffeekanne an seinen Tisch und fragte, ob sie nachschenken sollte. Er ließ es geschehen. Sie stellte die Kanne neben die Tasse und setzte ihre Arbeit fort. Herbert tauchte nicht auf. Entweder schlief er noch oder war schon davongefahren. Cant schob den Stuhl zurück und schaute aus dem Fenster. Zwei Geschäftsleute zogen ihre Rollkoffer über den Parkplatz und beluden einen Renault Megane. Es war ihm schon in Krakau aufgefallen, dass dieser Autotyp hier sehr beliebt zu sein schien. Ein Arbeiter tauchte am Rande des Platzes auf. Er zog einen Schlauch hinter sich her, verschwand kurz aus dem Blickfeld und begann dann den Rasen und die Blumenstauden zu wässern. Es versprach ein heißer Tag zu werden. Er musste sich aufraffen und zu einer Entscheidung kommen. Hier bleiben konnte er nicht, so gerne er es gewollt hätte, der Ort war zu klein, untertauchen war nur in einer Großstadt möglich. Oben das Zimmer leer, dass Mädchen fort. Ob sie enttäuscht war, dass er einfach weggegangen war? Selber schuld! Herbert schnarchte im Nebenzimmer, die Tür stand halb offen. Er erwachte, als Cant sich an seinen Sachen zu schaffen machte. Die Tasche war verschlossen und nicht angerührt worden. Alles war da.

„Wo hast du dich rumgetrieben? Wir sollten schon längst unterwegs sein."

„Du warst beschäftigt, da bin ich ins Freibad gegangen."

„Seltsame Gelüste. Ich ziehe handfestere vor. Die beiden waren ihr Geld wert. Du könntest dich auch mal beteiligen, ausreichend Scheine besitzt du ja, sogar Dollar, die sind hier nach wie vor sehr beliebt."

„Ich wär froh, wenn ich das Zeug nicht mehr am Hals hätte."

„Du trägst schwer an allem, ich weiß."

Sie nahmen ihre Sachen, checkten aus und liefen zum Auto.

„Du fährst, ich brauch noch ein wenig Erholung."

„Alles klar, wenn du mir sagst, wie ich fahren soll, denn nach Weißrussland will ich auf keinen Fall."

„Im Herzen des Bösen könntest du dich wahrscheinlich am besten verstecken."

„Will ich aber nicht, ich will bloß meine Ruhe haben.“

„Zur Ruhe kommt der Baum des Menschen nie.“

„Du redest wie mein Vater.“

„Ich dachte, du wärest ein Findelkind.“

„Findelkind, schönes Wort, gibt's solche noch?“

„Du musst hier rechts und gleich wieder rechts. Das ist ein Schleichweg, der bringt uns auf die Hauptstraße. Findelkinder gibt's mehr als genug. Die Hälfte unserer Manager ist promiskuitiv.“

„Tatsächlich.“

„Sie vögeln auf Teufel komm raus. Das bringt die Position so mit sich. Die andere Hälfte ist schwul. Und weil es in unserem Land zum Kanon gehört, müssen sie irgendwann heiraten und Kinder zeugen. Also suchen sie sich jemanden und strengen sich an. Das gibt dann die Findelkinder, ganz einfach.“

„Und zu welcher Sorte gehörst du?“

„Ich habe eine Frau und eine Tochter. Die muss ich heute anrufen. Wollte ich schon gestern machen, aber das konnte ich ja nicht, weil ich fahren musste, nachdem du ausgefallen bist. Noch einen halben Kilometer geradeaus, an der Hauptstraße geht's rechts und dann immer der Nase lang. Und achte auf die schwarzen Ungetüme, da sitzen die russischen Manager drinnen, vorläufig heißen die noch Oligarchen.“

„Die Oligarchen werden mir kaum hinterherfahren, wegen der paar Kröten.“

„Die kleinen schon, die wollen ja erst groß werden und dafür brauchen sie jeden Pfennig, und wenn sie dann groß sind, werden sie ehrbare Geschäftsleute und Manager und machen mit lang-beinigen Schönen Urlaub in den Schweizer Nobelhotels oder kaufen Fußballclubs.“

„Du hast wirklich ein heiteres Gemüt.“

„Ich sehe die Welt, wie sie ist. Aber jetzt muss ich telefonieren, also störe mich nicht weiter.“

Die Straße war mehr oder weniger ein Feldweg. Ungeteert nur festgewalzt. Nachdem sie an einem Gestüt vorbeigekommen waren, auf dessen Reitbahn junge Mädchen Pferde im Kreis herumführten, betrachtet von stolzen Müttern, die auf Bänken saßen, änderte sich dies und der Weg wurde breiter und besser. Als sie schließlich die Kreuzung zur Hauptstraße erreichten, hatte Herbert auch sein richtiges Mobiltelefon gefunden. Ein von den vieren oder waren es fünf? Schwarze Monster waren keine zu sehen, nur Lkw, aber das hatte nichts zu bedeuten, sie konnten an jeder Ecke lauern. Offensichtlich hatte Herbert keine Kurzwahl eingerichtet. Er tippte die Nummer umständlich ein und wartete ungeduldig, bis jemand abnahm. Frau und Tochter standen nicht jederzeit neben dem Telefon.

„Hallo Angelika, wie geht's .... Freut mich .... Ich fahre heute Abend über die Grenze ... Wieso? Ich habe erst übermorgen Termine ... Was will der denn? Der weiß doch, dass ich unterwegs bin? Kann der nicht mal ein paar Tage allein zurande kommen? .... Ist doch wahr. Sag ihm, ich rufe ihn morgen an, das reicht. .... Nein, kann ich nicht. Ich habe in Krakau einen deutschen Journalisten getroffen und um den muss ich mich kümmern. .... Wirst du schon sehen. Ist die Franziska in der Nähe. Gibst du sie mir mal? .... Was schon wieder? Wird Zeit, dass sie mal Vernunft annimmt. .... Doch das glaube ich. Was ist, kannst du sie mal rufen? .... Und was will sie jetzt machen? Hat sie was verlauten lassen? .... Ich. Ich. Ich. .... Ja, ist gut. .... Hallo Spatz? Was machst du denn für Sachen? .... Deine Mutter macht sich Sorgen, ich auch. .... Du wirst bald 25. .... Das meine ich nicht so. .... Natürlich muss es dir gefallen. .... Wir setzen uns zusammen, wenn ich wieder zurück bin .... Drei Wochen, denke ich. ... Übrigens begleitet mich ein junger Journalist, der schreibt eine Reportage über das Baltikum und ich unterstütze ihn ein bisschen. Ich habe ja gute Kontakte. .... Ja, wir haben ein gemeinsames Projekt in Lettland, eine große Sache, deswegen hänge ich vielleicht noch ein paar Tage dran .... Journalistik wäre vielleicht auch was für dich. Du bist ja vielseitig begabt. Willst du mal mit ihm reden? Er sitzt neben mir am Steuer. .... Das geht schon, ist kaum Verkehr. .... Keine Ahnung, du hast doch gefragt."

Cant hatte zunehmend panikend die letzten Worte gehört, was sollte er denn sagen um Gottes willen? Er wollte das Telefon nicht nehmen, doch Herbert drückte es ihm einfach in die Hand.

„Ja, hallo."

„Und Sie fahren mit meinem Vater ins Baltikum?"

„Sieht so aus."

„Und für wen schreiben Sie?"

„Radio, Zeitungen. Ich bin freier Journalist."

„Das ist ja spannend, und davon kann man leben?"

„Hat Ihr Vater auch gefragt."

„Kann man da mal was lesen, das interessiert mich nämlich."

„Klar, wenn ich's fertig habe, werde ich Ihrem Vater sagen, wo es veröffentlicht wird."

„Der vergisst das doch, können Sie es nicht mailen?"

„Kann ich."

„Mein Vater hat meine Adresse, ich würde mich freuen."

„Mach ich."

„Was wollen Sie denn mit meinem Vater zusammen machen?"

„Wir haben da so über eine Sache geredet, vielleicht erzählt er es Ihnen."

„Der erzählt nie etwas von seinen Reisen. Viel Erfolg auf jeden Fall. Kann ich ihn noch mal kurz sprechen?"

Cant reichte das Handy zurück, froh, alles überstanden zu haben. „Na Spatz, noch Fragen? .... Mach ich, versprochen. .... Mach dir keine Sorgen und pass auf dich auf. Überleg dir alles, und dann reden wir. ... Ich dich auch, grüß Mutter. .... Tschüss Spatz!"

„Weiber!" Er schmiss das Telefon in das Handschuhfach. „Das zweite Studium, das sie geschmissen hat."

„Aber du liebst deine Tochter doch?"

„Natürlich liebe ich sie, und meine Frau auch. Seit über dreißig Jahren. Es liegt nicht an mir."

Was hätte er sagen sollen, also sagte er nichts und versuchte sich aufs Fahren zu konzentrieren. Wald zog vorbei. Links und rechts.

Wenige Autos. Die Fahrbahn war okay und der Motor schnurrte leise vor sich hin.

„Seit zehn Jahren habe ich sie nicht mehr angerührt. Sie will nicht. Das weiß ich, so was spürt man. Seit zehn Jahren, das ist doch Wahnsinn."

In einer Parkbucht stand eine Holzhütte, aus der Rauch aufstieg. Ein paar grob gezimmerte Tische und Bänke, auf denen Leute saßen und aßen.

„Ich krieg langsam Hunger. Der Schaschlik an solchen Plätzen ist gar nicht so übel."

„Soll ich bremsen und zurückfahren?"

„Da kommen noch mehr. Weißt du, die Mädchen sind ehrlich. Sie geben dir, was du brauchst. Nicht wie die Zicken bei uns, die vor lauter Selbstverwirklichungsgeschwafel nicht mehr wissen, wie man die Beine breit macht."

„Es ist ein elendiges Geschäft und eigentlich mag ich damit nichts zu tun haben. Es gibt's genug Berichte darüber, wie die Mädchen in die Prostitution gezwungen werden."

„Und wann haben deine Kollegen ihre Berichte gemacht? Vorher oder nachher? Die sind alle Engel, ich weiß. Peinlich nur, dass ich auch schon ein paar von diesen Enthüllungsjournalisten von RTL und Konsorten getroffen habe."

„Das ändert nichts an der Tatsache, dass Prostitution gleich hinterm Drogenhandel das große Geschäft ist und die Frauen kaputt macht."

„Die Prüderie der meisten Weiber macht die Frauen und ihre Männer kaputt. Einen Palast habe ich ihr hingestellt. Und was? Bewahre deine Träume."

„Das werde ich."

Er wollte und würde sich seine Weltsicht nicht vermiesen lassen. Er schaute missmutig auf die Fahrbahn und vermied den Blick zur Seite. Er musste aus diesem Auto, aus dem Bannkreis dieses Mannes. Kafkas Amerika. Wie weit war er schon gekommen?

„Da vorne ist wieder eine Hütte, da halten wir an."

Cant verlangsamte und lenkte den Wagen in die Bucht. Ein Mann wartete am Grill, andere hockten auf zwei Bänken. Die grob gezimmerten Tische waren sauber. Kleine Vasen mit Waldblumen standen in der Mitte. Sie gingen zu der Frau und begutachteten die aufgereiht vor sich hin brutzeltenden Spieße. Viel Fleisch, Paprika, Zwiebeln. Cant bestellte einen mit Bratkartoffeln. Herbert nahm zwei und ein Bier. Cant eine Cola. Die Getränke bekamen sie gleich, das Essen wollte sie an den Tisch bringen. Sie setzten sich, dass sie Straße und Auto im Blick hatten und tranken. Die Teller waren mit Gurken und Tomaten garniert. Zwischen den Kartoffeln fanden sich Pilzscheiben. Das Besteck war frisch geputzt, die Messer schnitten gut.

„Na, was habe ich gesagt? Besser als in jedem Restaurant."

„Schmeckt nicht übel."

„Die Leute hier sind fleißig und erfinderisch. Ganz anders als bei uns, wo alle nach dem Staat schreien. Wenn ich das Gejammer in den Zeitungen lese, dann denke ich mir, die Leute sollten hier mal nachschauen und wieder arbeiten lernen."

„Wer ist hier der Träumer? Vermutlich gehört das irgendeinem Geschäftsmann, der überall solche Buden aufstellt und die Frau arbeitet für ein paar Groschen."

„Die ist aus dem nächsten Dorf und betreibt das mit ihrer Familie. Die schlachten selber und kaufen bei den Nachbarn ein. Drum schmeckts auch so gut oder glaubst du McDonalds kann sich ein solches Fleisch leisten?"

„Ich komm nicht mit ins Baltikum."

„Was sagst du?"

„Ich komm nicht mit."

„Was willst du hier machen? Hier ist Urwald. Die Frau wird dich noch nicht mal zum Abspülen einstellen."

„Du setzt mich an der Hauptstraße ab, und ich versuche mich nach Warschau durchzuschlagen."

„Na viel Spaß. Wir ...."

„Ich habe es mir überlegt, in der Stadt kann ich untertauchen und überlegen, wie es weiter gehen soll."

„Du kannst mich jetzt nicht in Stich lassen."

„Red nicht so daher. Du weißt genau, was ich meine."

„So, weiß ich das?"

„Ich pack das nicht. Diese ewige Flucht und deine Weibergeschichten gehen mir auf den Sack."

„Ach Gottchen ...."

Herbert musterte ihn, nahm sein Bierglas, trank es leer und winkte der Frau, damit sie ihm ein neues brächte. Als sie kam, zischte er:

„Du wirst es nicht wagen, über mich zu urteilen."

Die Frau stellte das Glas hin, nahm das leere und kehrte zum Grill zurück. Cant brachte kein Wort hervor, ihm war, als verfolgten alle auf dem Rastplatz, was hier am Tisch geschah.

„Ich ...."

„Werde du erst einmal so alt, wie ich es bin, dann darfst du dein Maul aufreißen. Du bist ein verwöhnter Bengel und deine Moral ist feige und hochmütig und nichts wert. Sobald du Macht über andere hast, bleibt nichts mehr davon übrig. Okay, es ist deine Entscheidung. Wir sind in etwa einer Stunde in Augustow, dort geht eine Straße nach Warschau."

„Tut mir leid."

„Leid tut dir gar nichts und Reisende soll man nicht aufhalten."

„Du bist sauer?"

„Du machst einen Fehler. Dort wärst du in Sicherheit."

„Das Risiko muss ich eingehen."

„Gut, dann fahren wir weiter. Ich will heute noch über die Grenze."

Er trank sein Glas leer. Cant stand auf.

„Ich zahle, und fahren tue ich auch noch eine Weile."

Sie liefen schweigend zum Wagen und stiegen ein. Im nächsten Ort sah er ein Schild, noch rund 50 Kilometer bis Augustow. Dann war diese Episode seines Lebens Vergangenheit. Er war ein Kindskopf und wollte es bleiben. Er wischte die Angst weg, die an ihm zerrte. Das Leben würde sich ändern und er würde wieder alleine zurechtkommen. Er konnte sich gar nicht vorstellen, wie er ohne Auto von einem Ort zum nächsten gelangen sollte, geschweige nach Warschau. Ob er sich am Bahnhof absetzen lassen sollte? Nein, keinen Zug, da saß er wie in einem Käfig. Es war so einfach hinter dem Steuer zu sitzen, den Fuß auf dem Gaspedal, die Hände am Steuer und die Kilometer vorbeiziehen zu lassen. Ein herrliches Gefühl der Ungebundenheit, schauen auf die sich verändernde Landschaft, in der man jederzeit Rast machen konnte um dann weiter zu ziehen. Daheim hatte er Autofahren nie so empfunden. Da war es Alternative zu Bus oder U-Bahn und stets auch verbunden mit leidiger Suche nach einem Parkplatz, damit man die Blechkiste verlassen und stehen lassen konnte.

„Du fährst zu schnell. Wir sind in einer Ortschaft und die Polizei brauch ich nicht auch noch hinter uns her."

„Entschuldige, ich habe gepennt."

„Ich will dich ja nicht verlieren auf unseren letzten gemeinsamen Kilometern."

„Du bist ein guter Mensch."

Es war sehr weitläufiges Bauerland. Langgezogene Straßendörfer mit Stallungen, Gärten und Wiesen, kleine Ackerflächen. Weizenfelder, Weiden. Mais und Sonnenblumen. Auf einer Bank am Straßenrand saßen zwei Mädchen mit großen Sonnenblumenkränzen und pickten eifrig.

Stalinschokolade nannten die Leute die Sonnenblumenkerne noch vor ein paar Jahren. Vermutlich gesünder als die bunten Süßigkeiten, die jetzt in den Läden zu kaufen sind.

„Das ist hübsche Idylle, die es auf den Dörfern noch geben mag. In Krakau habe ich all den üblichen Kram gesehen, von dem bei uns die Regale an den Kassen vollgestopft sind und die Leute sind verrückt danach."

„Den Konsumpredigern bin ich nie auf den Leim gegangen. Früher saßen Jung und Alt nach der Arbeit beisammen. Redeten, spielten, sangen. Heute rennen die Jungen in ihre Diskos und schlagen sich den Schädel ein oder rasen in den Tod. Die Alten sitzen vor den Fernsehschirmen und dösen weg wie überall in unserer wunderbaren Welt."

„Ich weiß nicht, ich bin ein Stadtkind und wäre wohl eingegangen auf einem Dorf und Geld musste man auch damals haben um überleben zu können."

„Geld, Geld, heute dreht sich alles nur um Geld. Um Geld zu verdienen brauchst du kein Hirn, nur Raffinesse, Kaltschnäuzigkeit, Niedertracht und Menschenverachtung. Sobald du darüber nachdenkst, dass der oder die, die du gerade über den Tisch ziehen willst, lebendige Wesen sind, kannst du einpacken."

„Das sagt einer, der im BMW durch die Gegend fährt und sich die nächste Million holen will."

„Geld mache ich jetzt aus Langeweile. Als ich jung war, habe ich mich auf mein Motorrad gesetzt und bin nach Spanien, Nordafrika und rund ums Mittelmeer gefahren."

„Dann kennst du die Bücher von Kerouac, Bowles und den andern?"

„Zu den Leuten, die damals die Welt verändern wollten, habe ich nie gehört und habe ihnen auch nie getraut, und wenn ich heute ihre feisten Gesichter sehe, weiß ich warum. Jetzt reise ich durch Osteuropa und schaue mir an, wie es vernichtet wird. Ich lach mich krank, wenn ich über Kriminalität, Korruption und was weiß ich lese. Das hier ist harmlos im Vergleich zu dem, was bei uns existiert.

„Nein, mein Freund, mich findest du nicht bei den Gerechten. Aufzeichnungen eines Flüchtigen werde ich mein Buch nennen, falls ich mal eines schreiben sollte."

„Ein guter Titel."

„Ich habe wieder darüber nachgedacht, nachdem ich dir begegnet bin. Ich werde es wohl bleiben lassen. Man muss nicht alles aufschreiben."

„Du kannst mich nicht erpressen."

„Ihr seid unbarmherzig. Wir haben es euch gelehrt."

Herbert warf die leere Dose aus dem Fenster und nahm sich eine neue. Cant schwieg. Auch der Pole wollte ihn umklammern. Einmal hatte er eine Reportage geschrieben über die Besatzungskinder des zweiten Krieges und eine fünfzigjährige Frau war beim Erzählen in Tränen ausgebrochen. Eine Frau, die ihm zunächst souverän begegnet war. Chefsekretärin in einer großen Automobilfirma in einer freundlichen Wohnung, die ihr gehörte. Mit einem Leben, das gut und geordnet schien. Bis sie berichtete, dass sie vor ein paar Jahren nach dem Tod ihrer Mutter angefangen habe ihren Vater zu suchen. Sie habe ihn nicht gefunden, nur eine Stiefschwester. In der Umarmung mit ihr habe sie zum ersten Mal im Leben das Gefühl gehabt, geliebt zu werden. Sie hatten im Wohnzimmer gesessen. Die Frau hatte Kaffee gekocht, selbstgebackenen Kuchen hingestellt und hemmungslos geweint, als sie dies erzählte. Er hatte nicht gewusst, was er sagen sollte, und hatte geschwiegen, bis sie sich wieder gefasst hatte.

„Weißt du, ich bin kein guter Journalist. Ich bin eigentlich überhaupt keiner. Es war mir peinlich mit deiner Tochter zu sprechen. Ich glaube an das Geheimnis in der Welt und im Menschen. Und ich glaube, dass man es achten soll. Ich will gar nicht alles wissen. Gerade in unserer tollen Informationsgesellschaft scheint mir die Achtung vor dem Geheimnis ein hohes und wunderbares Gut. Du siehst, ich bin ein altmodischer Mensch."

Sie verließen allmählich die Waldregion. Der Verkehr nahm zu, doch nicht so, dass er keinen Blick mehr auf die Landschaft erlaubt hätte. Wolken trieben übers Himmelsblau. Wahrscheinlich würde es am Abend ein Gewitter geben. Noch ein Grund, lieber im sicheren Auto zu bleiben. Aber er konnte auch anderswo eine Unterkunft finden. Er hatte ja Zeit und Geld hatte er auch. Hinter ihm tauchte ein schwarzes Monster auf und kam mit aufgeblendeten Scheinwerfern immer näher. Unbändiger Schrecken fuhr ihm durch die Glieder. Sie waren ihm wieder auf der Spur. Er trat auf die Bremse, scherte an den Straßenrand und laut hupend und blinkend schoss der Wagen vorbei, setzte sich vor ihn, bremste gleichfalls ab um dann, als Cant den Wagen zum Stehen brachte, röhrend davon zu ziehen. Eine Ewigkeit lang hockte er zusammengesunken, schweißnass und zitternd, die Hände um das Lenkrad gepresst. Sie waren wie ein D-Zug über ihn hergefallen, als habe er auf den Schienen Picknick gemacht. Ein schräges Bild, doch biografisch begründet, denn als er einmal ein Praktikum bei einer fränkischen Zeitung absolvierte, schickte ihn sein Redakteur in den Wald. Er sollte über die Trasse einer seit dem Krieg stillgelegten Eisenbahnstrecke einen Bericht schreiben, denn ein nicht unbedeutender Lokalpolitiker mit dem Drang nach Höherem hatte es sich in den Kopf gesetzt die Strecke wieder zu beleben. Nachdem die Zonengrenze verschwunden war, sollte nun auch in seinem Wahlbezirk zusammenwachsen, was zusammengehörte. Der Auftrag war heikel, denn eigentlich brauchte niemand die Strecke, denn unweit davon führten zwei Fernbahnlinien vorbei und die Bewohner der Weiler und Dörfer dazwischen hüben wie drüben hatten sich längst mit Pkw ausgerüstet, damit sie zu Aldi und Lidl fahren konnten und am Sonntag zu Besuch bei Verwandten. Morgens und Abends verkehrte ein Bus und zudem war inzwischen auch eine Autobahntrasse vorgesehen, deren Schneisen sich harmonisch ins Hügelland schmiegen sollten, wie die Planer beteuerten. Doch der Politiker hatte die nationale Karte gezogen und ein paar nostalgische in der Hinterhand, denn die Eisenbahnfreunde hüben wie drüben hatten sofort in Schubladen und auf Speichern gekramt und Fotos aus vergangenen Zeiten gefunden, deren Gemütlichkeit sie zurückhaben wollten. Den Rauch von Dampflokomotiven über dem Wald und den Pfiff, der Ankunft oder Abfahrt signalisierte. Cant parkte sein Auto vor dem alten Stationsgebäude. Ein alternativer Antiquitätenhändler hatte in dem Bau seinen Laden eingerichtet. Es war früher Vormittag und die Türen waren noch geschlossen. Vermutlich hatte der Mann bis spät in die Nacht Ordnung gemacht, seine Bilanzen gewälzt und die Rechnungsbücher geführt. Dergleichen Tätigkeiten nehmen auch bei kleinen Unternehmungen schon längst mehr Zeit in Anspruch als die eigentliche Tätigkeit. Würden die Pläne des Politikers Wirklichkeit, wäre zumindest die Existenz dieses Mannes gefährdet, er würde den

Platz räumen müssen, wenn hier wieder ein Bahnhof entstehen sollte. Die Interessen eines kleinen Bürgers hatten zurückzustehen, wenn es ums Große, Ganze ging, das war klar. Aber vielleicht konnte er als Schalterbeamter übernommen werden oder als Stationsvorsteher. Es blieb also Hoffnung.

Hinter dem Gebäude gab es noch ein paar Meter Schienen, die zu einem Prellbock führten. Daneben war eine zweite Spur zu entdecken. Diese endete an einem Zaun zwischen zwei Schuppen. Dort angekommen, sah Cant, dass der anschließende Bahndamm von Sträuchern und Büschen überwachsen an letzten Häusern vorbei über Weiden und Wiesen zum Wald hinführte. Er folgte der ehemaligen Strecke. Schienen gab es nicht mehr, doch der Damm war auszumachen, auch wenn er an manchen Stellen abgeflacht und von Wegen durchschnitten war. Erst im Wald, wo die ehemalige Bahnstrecke parallel zur Landstraße verlief, tauchten die Schienen von Blumen, Gras und kleinen Büschen überwachsen wieder auf. An manchen Stellen wuchsen kleine Fichten zwischen den Schwellen, an anderen verschwanden sie unter einem Laubdach aus Buchen. Am Ende eines solchen Tunnels fand er eine kleine Lichtung. Die Sonne schien auf Pfifferlinge und Heidelbeersträucher. Cant setzte sich auf ein freies Eisenstück und überlegte, was um Gottes willen er schreiben sollte, auf jeden Fall wünschte er nicht, dass hier wieder Züge durch Grün rauschten. Nostalgie hin oder her. Das war ein wunderbarer Platz zum Picknick machen und es bedurfte keines Eisernen Wolfes, der hier wie drüben im Bayerischen Wald das Ende der Zeiten einheulte oder pfiff. Er zog sein Notizbuch aus der Tasche, notierte seine Beobachtungen und entwarf einen Bericht, in dem der Zug des Politikers mit ihm im Führerhaus aus dem Walddunkel herausschoss und in die Idylle rauschte, über Blumen, Pilze und Gräser und auch über ein paar Wanderer hinweg, die eben gerade an dieser Stelle ihre Brote auspacken wollten, und in Richtung der ehemaligen Brüder und Schwestern verschwand. In der Redaktion tippte er alles in den Computer, druckte seinen Text aus, gab ihn an seinen Auftraggeber weiter und hörte nie wieder davon.

„Was war denn das?"

„Was wohl? Du bist bekloppt gefahren. Das haben die Typen gar nicht gerne."

„Was heißt bekloppt? Ich hatte Neunzig drauf und mehr ist auf den Landstraßen hier nicht erlaubt."

„Dir vielleicht. Denen schon. Die fahren Hundertachtzig, wenn sie wollen. Das waren Offizielle. Politiker, Geschäftsleute. Kennst du nicht Lenin und die russischen Kommissare, die seinerzeit im Panzerzug durch das Land rauschten? Die beste Szene in dem Schiwagofilm neben den Bildern von diesem Haus im Frühling. Die Leute hier haben Geschichtsbewusstsein und sie haben Recht."

„Wir sind hier nicht in Russland."

„Aber nahe dran und ein wenig von der Mentalität ist geblieben. Du musst doch zugeben, dass es den Burschen Spaß macht, solche Autos zu lenken. Die Bodyguards sind höchstens dreißig. Das sind Kindsköpfe, die im Hochgefühl ihrer Wichtigkeit durch die Gegend preschen. Warte noch einen Augenblick, meistens sind die zu zweit unterwegs oder zu dritt."

In der Tat blitzten hinter ihnen erneut Scheinwerfer auf und ein weiteres schwarzes Ungetüm donnerte vorbei. Ein Bauer, der mit seinem Fuhrwerk die Straßen queren wollte, konnte gerade noch anhalten und hatte Mühe seinen bockend aufsteigenden Gaul wieder unter Kontrolle zu bekommen.

„Auch ein Weg, die Landwirtschaft hier zu modernisieren. Mir wär's lieber, wenn du jetzt fährst."

„Schwache Nerven?"

„Wahrscheinlich."

Sie tauschten die Plätze. Der Bauer war mit seinem Fuhrwerk auf die Weide entkommen. Cant zitterte immer noch. Er hätte ein Bier trinken mögen. War vielleicht nicht so vernünftig, wenn er trampen wollte und die Leute seine Fahne rochen.

„Gibt es in dem Ort eigentlich einen Bahnhof?"

„In welchem Ort?"

„Na, wo du mich absetzen willst."

„Ich will dich nicht absetzen."

„Du weißt schon."

„Können wir nachschauen, wahrscheinlich."

„Das wäre mir recht."

„Die Züge brauchen hier elend lange."

„Macht nichts."

Nach ein paar Minuten querten sie eine Steinbrücke und fuhren bald an Vorstadthäusern vorbei. An einer großen Kreuzung wiesen Schilder links nach Warschau und rechts ins Zentrum des Ortes. Hochhäuser säumten nun die Straße. An einem Rondell musste Herbert einem Umleitungsschild folgen. Offensichtlich hatten die Stadtväter beschlossen, den Fernverkehr aus der Innenstadt zu verbannen und führten ihn durch Neubauviertel ums Zentrum herum. Die Straße war frisch geteert, breit, vollgeparkt, auf dem Bürgersteig liefen ein paar Leute, Frauen schoben Kinderwägen. Dahinter zwischen den Häusern lagen verbrannte Rasenabschnitte und Sandflächen. Dort fuhren Kinder mit Mountainbikes herum. Ein paar Jungen spielten Fußball auf einem staubigen Feld. Dann kamen sie wieder näher ans Zentrum, fuhren an einem Kanal entlang und an einem weiterem Rondell bog Herbert von der Hauptstraße in eine Allee, die in den Wald hinein führte. Hätte vor ihnen nicht ein vollbesetzter Bus eine herrliche Dieselspur gezogen, Cant hätte gemeint, sie wären unterwegs ins Nirgendwo. Nach fünf Minuten hielten Bus und Herbert auf einen kleinen Platz, an dessen Seite zwei flache Gebäude zwischen Birken und Pappeln standen oder was das war.

„Dort ist der Bahnhof."

Cant schaute verdutzt. Das konnte doch nicht der Hauptbahnhof sein, höchstens irgendeine Vorstadtstation.

„Willst du hier Wurzeln schlagen? Das war's."

Weil Herbert keine Anstalten machte, näher zu fahren und auch nicht aussteigen wollte, sondern mit den Fingern ungeduldig auf das Steuer klopfte, öffnete Cant seine Tür, ging nach hinten zum Kofferraum und suchte sein Gepäck zusammen. Er hatte es kaum auf den Boden gestellt und den Deckel zugeschlagen, als Herbert quietschend anfuhr und den Wagen davonschießen ließ. Eine winkende Hand meinte er aus dem Seitenfenster aufscheinen zu sehen. Ein seltsamer Abschied, wahrscheinlich hatte er ihn verdient. Auf dem Weg zum Stationsgebäude sah er den BMW noch einmal, offensichtlich hatte er gewendet und fuhr in die Stadt zurück.

„Gute Reise, mein Freund."

Da er kein Geld wechseln konnte, konnte er keine Fahrkarte kaufen. Sein verbliebenes Geld reichte nicht. Die Frau am Schalter starrte ihn an und er starrte sie an.

„Dollar?"

Sie schüttelte den Kopf und redete auf ihn ein. Auf Polnisch, das er nicht verstand. Es hätte auch Chinesisch sein können. Er versuchte auf Englisch und schließlich auf Deutsch ihr seine Anliegen klar zu machen, doch sie ließ nicht von ihrer unverständlichen Sprache ab. Die Dollar schob sie zurück und redete unverdrossen, zeigte irgendwohin und während er mit seiner 50 Dollarnote vor dem Schalterglas herumwedelte, schaute sie noch einmal die polnischen Scheine durch, fand sie nicht ausreichend und schob sie gleichfalls zurück und wandte ihre Aufmerksamkeit dem nächsten Kunden zu, der neben Cant wartete. Er hätte sie umbringen mögen, grabschte nach den Scheinen. Er drehte sich um und suchte nach einem Stuhl oder einer Bank, wo er sich ausruhen konnte. Er hatte genug von dem ganzen beschissenen Tag. So saß er aus, als ihm ein Mann ansprach.

„Hier draußen finden Sie keinen Kantor, aber ich kann Ihnen das Geld eintauschen."

Klar ein Dollar ein Zloty. Das kannte er. Doch der Typ tippte auf seinem iPhone herum, zeigte ihm den aktuellen Kurs, holte einen Geldbeutel aus der Tasche und hielt ihn den Betrag hin.

„Hier, das reicht locker für die Fahrkarte."

Als er Cants Verblüffung merkte, meinte er, dass dies in der polnischen Provinz nun einmal so sei. Eigentlich sollte die Frau Englisch verstehen, aber manchmal wolle sie es wohl nicht.
„Ich muss auch nach Warschau. Ich hole Ihnen die Fahrkarte."

Damit ging er zum Schalter und kehrte mit dem Billett zurück.
„Der Zug geht erst in einer halben Stunde. Wollen Sie was trinken, draußen ist ein Kiosk. Sie sehen erledigt aus."
„Ein Bier wäre nicht schlecht."

Sie gingen an die Bahnhofsseite. Cant hockte sich an einen Tisch, während sein Begleiter an der Theke die Getränke holte. Zwei Dosen Bier und Plastikbecher.
„Eigentlich ist das hier eine Urlauberregion und viele Einheimische leben auch von den Touristen, denn die wenigen Industrie- und Gewerbebetriebe bieten kaum noch Arbeitsplätze und Land-wirtschaft rentiert sich nicht mehr seitdem die EU das Regiment übernommen hat. Aber an der Infrastruktur hapert's noch und manche glauben im alten Trott weiter machen zu können. Außerdem verdienen die Angestellten der Bahn gerade mal ein Taschengeld. Kein Wunder also, wenn sie lieber Tee trinken, als Fahrkarten verkaufen."

Auf Cants Frage, wieso er so gut Deutsch spräche, antwortete er, dass er es in der Schule gelernt habe und seit ein paar Jahren in Warschau für eine Bremer Firma arbeitete und immer wieder ein paar Tage nach Deutschland führe. Jetzt mache er mit seiner Frau eine Woche Urlaub am See, doch müsse er wegen einer geschäftlichen Angelegenheit dringend für einen Tag nach Warschau zurück. Und weil er keine Lust habe fünf oder mehr Stunden im Auto zu hocken, habe er sich für den Zug entschieden. Die Strecke Augustow – Warschau sei Transitstrecke zu den baltischen Staaten und welche Route man auch wähle, man stecke hoffnungslos im Lkw-Verkehr fest. Zwar sei seit Jahren eine Autobahn geplant, aber das daure noch, weil die Strecke mitten durch das Seengebiet führen solle und wahrscheinlich auch müsse und die Umweltschützer Sturm liefen.

„Ich halte die Autobahn auch für eine Katastrophe, aber ihr Bau ist vermutlich unausweichlich, denn Anfang Neunzig und erst recht nach dem EU-Beitritt kam immer mehr Verkehr auf die Straße und der Ausbau des Schienennetzes ist vernachlässigt worden, im Gegenteil, die Verkehrsplaner haben die Strecken verrotten lassen und auch von Seiten der EU gibt es keinen vernünftigen Generalplan. Alles geht auf die Straße. Das ist kompletter Irrsinn und Jahr für Jahr wird bei Unfällen in Polen eine Kleinstadt ausgelöscht. Ich habe immer gedacht bei uns habe es früher Inkompetenz und Vetternwirtschaft gegeben, aber wenn jetzt die Experten der EU antanzen, die ausländischen Konzerne und ihre Helfershelfer in Polen und wenn dann noch Europaparlamentarier hierher zu Studienzwecken kommen, dann kann man verzweifeln. So viel Blasiertheit und Dummheit ist schwer zu ertragen. Millionen von Euro werden verschwendet und untereinander verteilt. Noch nicht einmal die Hälfte gelangt an die richtige Stelle, der Rest verschwindet unauffindbar. Das ist ein Tollhaus. Da kommt unser Zug. Wir müssen los. Soll ich noch Nachschub kaufen? Es gibt vermutlich keinen Speisewagen.“

„Wäre nicht schlecht.“

Nachdem sie eingestiegen und auch einen Fensterplatz gefunden hatten, offensichtlich wollte bei dem schönen Wetter kaum Urlauber die Ferienregion verlassen, meinte Cant:

„Sie haben eine schlechte Meinung von der EU. Ich bin durch Bialystok gekommen, dort wird gebaut und modernisiert auf Teufel komm raus und überall stehen EU-Schilder herum.“

„Von der EU nicht, bloß von ihren Vertretern und deren Gebaren. Meine Frau arbeitet in einem EU-Büro in Warschau. Was sie mir erzählt, das reicht. Sie verdient gut, mehr als ich, und hätte sogar nach Brüssel gehen können. Aber wir haben uns fürs Hierbleiben entschieden und für Kinder. Das scheint uns sinnvoller.“

„Sie haben Kinder?“

„Noch nicht, aber wir wollen zwei Mädchen adoptieren. Deswegen muss ich ja nach Hause, weil man uns eine größere Wohnung angeboten hat und die ist Voraussetzung für die Adoption. Bisher wohnen wir in einem Zweizimmerappartement. Und Sie, was machen Sie eigentlich hier?"

„Ich reise durchs. Habe mir eine Auszeit genommen. Ich bin Journalist mehr oder weniger."

„Kann man mehr oder weniger Journalist sein?"

„Vermutlich nicht, ich brauche Abstand. Ich habe keine Lust zum Hofberichterstatter zu werden, noch will ich die Lücken zwischen den Werbeblöcken oder -anzeigen füllen. Vielleicht schreibe ich ein Buch. Ich weiß es noch nicht. Ich bin hierher gefahren, weil ich neugierig auf das Land und seine Menschen bin. Ich will mich einfach umschauen."

„Und gefällt es Ihnen? Ich bin übrigens Marian. Ich habe mich noch gar nicht vorgestellt."

„Ich auch nicht, Cant."

„Cant, irgendwie ungewöhnlich?"

„Mit C, ist ein Spitzname oder ein Kampfname. Ich bin der Ansicht, dass sich die westliche Zivilisation zu den Ursprüngen der Stammesgesellschaft zurück entwickelt, also brauchen wir wieder Kampfnamen. Ein Freund von mir heißt Nordwind. Der hat sich nach Irland verzogen."

„An sich sind wir ja vermutlich gleich alt, aber es ist schon verrückt, welche Probleme euch umtreiben. Wir sind erst einmal froh, dass die Enge verschwunden ist und wir nun selbst über unser Leben bestimmen können, in Grenzen, aber dennoch, betrachtet man die Vergangenheit."

„Damals war kein Leben möglich?"

„Ein anderes."

Sie redeten miteinander bis der Zug die Randbezirke Warschaus erreichte, dann fragte Marian, ob er schon wisse, wo er wohnen wolle, er kenne ein kleines Hotel gleich bei ihm um die Ecke. Es sei sauber und preiswert und wahrscheinlich sei dort auch ein Zimmer frei.

Vom Ostbahnhof nahmen sie ein Taxi und kamen nach etwa zehn Minuten zu einem Platz, an dessen Ecke Marian halten ließ.

„Hier ist es im ersten bis dritten Stock. Ich gehe rauf und frag mal."

Er kam nach wenigen Minuten zurück, schulterzuckend.

„Heute geht es nicht, aber ab morgen ist alles klar. Mit dem Bus von hier bist du in einer Viertelstunde in der Innenstadt. Also ich habe es vorbestellt und heute Nacht kannst du bei uns übernachten."

„Wenn das geht."

„Kein Problem. Wir müssen was einkaufen. Der Kühlschrank ist leer."

Sie liefen um drei Ecken zu einem Hochhaus und fuhren mit einem altertümlichen Aufzug in den neunten Stock. Vier Schlösser waren zu öffnen, bevor sie die Wohnung betreten konnten.

„Ziemlich umständlich."

„Das ist normal in Warschau. Eigentlich passiert nichts, weil gleich nebenan ein Polizeiposten ist. Aber es ist die Macht der Gewohnheit. Der ist man verpflichtet."

„Na toll."

„Hier ist Absurdistan. Man gewöhnt sich daran. In Warschau gibt es Siedlungen, die sind von einer Mauer umgeben, und wenn du da jemanden besuchen willst, musst du an den Toren durch eine Sicherheitskontrolle, ebenso, wenn du wieder raus willst. Wie auf mittelalterlichen Burgen oder in Städten. Genau so."

„Sag ich doch, wir entwickeln uns zurück und du willst meinen Kampfnamen nicht akzeptieren."

Ein kleiner Flur mit Einbauschränken. Geradeaus ging's in das Schlafzimmer. Links in einen großen Wohnraum, von dem eine Verbindungstür in ein kleines Arbeitszimmer führte. Was freilich die Schönheit der Wohnung ausmachte, war ein großer Balkon vor Wohn- und Arbeitszimmer, von dem aus sich ein wunderbarer Blick auf das Altstadtpanorama Warschaus bot.

„Das ist ja toll", sagte Cant und drehte sich zu Marian um, der hinter ihm auf den Balkon getreten war, „hier könnte ich auch wohnen."

„Brauchst du nur zu kaufen. Wir müssen uns was Größeres suchen.
„Aber die ist doch fantastisch. Allein die Aussicht.“
„Deswegen haben wir sie ja gekauft.“
„Und für wie viel wollt ihr verkaufen?“
„Vierhunderttausend sollten wir bekommen, wenn wir Zeit und Glück haben.“
„Wieso Zeit?“
„Die Immobilienpreise hier im Viertel steigen und wenn man abwarten kann, dann lässt sich gut verkaufen. Ich schau die Post an und muss kurz telefonieren. Du kannst hier auf der Couch schlafen. Wir können nachher noch was zum Essen holen.“

Er ging in das Arbeitszimmer und Cant blieb auf dem Balkon zurück. Dunkle Wolkentürme hinter dem Panorama der Stadt, die von rechts von der untergehenden Sonne angestrahlt wurden, gaben der Szenerie einen dramatischen Akzent. Er stellte sich vor, hier zu sitzen, zu schreiben. Die Hauptstadt unter ihm ausgebreitet. Das war wohl nichts. Er ging in den Raum zurück und zur Toilette. Kaum mehr als eine Woche war er im Lande unterwegs und schon wollte er heimisch werden. Völliger Blödsinn!

Er erwachte vom Klingeln des Telefons, bekam gerade mal die Augen auf und nahm die Wohnung wahr. Der Apparat nervte, halb Zehn, offensichtlich war er allein in der Wohnung. Marian hatte seinen Termin und war schon fort. Es war gestern spät geworden. Sie hatten sich eine Brotzeit und Bier gekauft und waren dann hocken geblieben bis zumindest die Dosen leer waren. Er erinnerte sich an ein Gewitter über der Stadt, an prasselnden Regen und die frische Luft, die durch die offene Balkontür ins Zimmer schwappte. Während Marian auf der Couch mit Rücken zum Balkon saß, hatte er seinen Sessel so gedreht, dass er durch die Tür auf die Stadt schauen konnte und die blinkenden Lichter der Hochhäuser, die sich aus dem Dunkel erhoben. Marian hatte den großen Fernseher angemacht. Als Nachrichten kamen, wollte er manches übersetzen. Cant hatte abgewunken, der Blick auf die Stadt war ihm genug. Später, als sie redeten und irgendeine Spielshow lief, ertappte er sich ein paar Mal dabei, dass er nicht zuhörte, was sein Gastgeber sagte. Das Essen, das Bier, das Schauen lullten ihn ein in ein Gefühl der Ruhe und Geborgenheit, das er lange nicht mehr empfunden hatte, nicht nur hier im Lande in den letzten Tagen, sondern, wie ihm schien schon die ganzen letzten Monate oder Jahre nicht. In sich ruhend, ohne Druck, ohne Angst vor dem nächsten Tag. Er war angekommen und wollte nicht mehr fort. Als sie dann schlafen gingen, war er sofort weggedämmert und wäre wohl kaum aufgewacht, hätte ihn das elendige Läuten nicht aus dem Dunkel gerissen. Dunkel war gut, es war heller Tag und er musste auf die Toilette und zwar dringend. In der Küche hatte Marian auf einem schmalen Klapptisch am Fenster Frühstück hergerichtet. Brot, die Reste Wurst von gestern und Kaffee in der Maschine. Auf einem Zettel stand, dass er gegen 11 wieder hier sein wollte. Guten Morgen und Guten Appetit! Irgendwie war er überwältigt von dieser fürsorglichen Gastfreundschaft. Das war ein Land, in dem man leben konnte, dachte er und schaltete das Radio an, das auf einem kleinen Regal stand. Hotel California von den Eagles, auch das noch! Der Blick aus dem Fenster ging über acht- und vierstöckige Mietshäuser hinüber ins Grün. Rechts in der Ferne qualmten die Schlote eines Kraftwerkes. Ihr Rauch stieg ins Blau, keine Wolke zeigte sich am Himmel. Nur der Kondensstreifen eines Düsenflugzeuges, gab es überhaupt noch Propellermaschinen, zerfaserte am Horizont.

Er saß noch im Schlafanzug, als er Marian zurückkommen hörte. „Hey Mann, ich bin gerade erst aufgestanden."
„Ich habe eine Wohnung gefunden, die ist ein Traum. Ich muss gleich meine Frau anrufen."
„Ist doch Klasse! Besser als diese hier?"
„Größer und ruhig auch, weil die Fenster zum Weichselhang rausgehen. Am Rande der Altstadt. Die Wohnung wäre ideal. Hat nur ein Problem, der Besitzer will Hunderttausend bar auf die Hand."
„Hunderttausend Zloty, das ist doch geschenkt?"

„Dollar, was denkst denn du? Hunderttausend schwarz und der Rest über Rechnung und mit Vertrag, so geht das hier. Und das Geld haben wir nicht."

„Kein Problem, ich besorge die Dollar und kaufe eure Wohnung."

Marian schaute ihn verdutzt an.

„Die brauchen wir doch selber."

„Ich meine diese hier."

Marian hielt den Hörer in der Hand und legte wieder auf.

„Und woher hast du das Geld? Ich meine entschuldige, aber ...."

„Das liegt in Berlin im Schließfach, haben meine Eltern gesammelt für schlechte Zeiten und so. Glaubst du nur im Osten gibt's Schwarzgeld?"

Bevor er antworten konnte, läutete das Telefon erneut und Marian nahm ab. Hörte zu und redete zunehmend aufgeregt. Cant verstand nichts, wies in der Fremde halt so ist, aber das mit dem Geld war genial, so wurde er endlich den Schrott los und bekam eine Wohnung dafür. Er setzte sich an den Tisch und trank seinen Kaffee. Nach ein paar Minuten kam Marian verstört in die Küche.

„Ich muss sofort nach Augustow. Da ist was passiert."

„Mit deiner Frau?"

„Die ist total durch den Wind. Im Hotel hat es eine Schießerei gegeben, mit Toten und Verletzten. Sie bleibt keinen Augenblick länger."

„Eine Schießerei?"

„Keine Ahnung, ich habe nichts verstanden, ich weiß bloß, dass ich sofort hin muss. Ich nehme den Wagen und fahr los."

„Soll ich ...."

„Du kannst hierbleiben, ich habe noch einen Schlüssel."

„Ich bin in drei Minuten fertig."

Er stand auf, zog sich rasch an und stopfte seine Sachen in die Tasche. Marian wartete schon im Flur. Sie gingen hinaus, er schloss sorgfältig ab, während Cant den Fahrstuhl holte.

„Bei euch ist was los. Ich habe in Krakau was Ähnliches erlebt."

Marian achtete nicht auf ihn. Unten am Hauseingang verabschiedete er sich rasch.

„Du weißt, wie du zum Hotel kommst, einfach geradeaus und dann vorne rechts, dann siehst du es schon. Melde dich. Wir werden erst spät zurückkommen. Morgen vielleicht."

„Alles klar. Gute Fahrt."

Er hetzte davon. Cant schaute ihm nach, blickte dann die Fassade hoch und suchte die Fenster der Wohnung auszumachen. Blauer Himmel stand über dem Haus. Die Fassade musste irgendwann neu gestrichen werden. Manche Fenster brauchten auch neue Farbe. Aber der Ausblick war wunderbar. Er lief den Gehweg entlang, geradeaus hatte er gesagt und dann rechts. Er suchte sich zu orientieren, wie sie gestern gegangen waren. Er ging über die Kreuzung und rechts in einen Hof hinein. Niedrige Gebäude standen zwischen Büschen und Birken, bevölkert von Tauben, Krähen und Elstern. Ganz schön viel los. An einer Teppichstange schlug ein Mann auf einen Läufer ein. Ein paar alte Frauen huschten mit vollen Einkaufstaschen vorbei. Er lief in die Richtung aus der sie kamen und stieß tatsächlich auf den großen Platz und sah das Hotel. Das Mädchen an der Rezeption verstand kein Wort, während sie unverwandt auf einen Fernsehschirm starrte, versuchte er ihr mit Händen und Füßen und auf Englisch zu erklären, dass ein Freund, ein Pole – Polish man – für ihn ein Zimmer bestellt und bekommen habe, das er nun beziehen wollte. Sie schaute ihn mit großen Augen an, zuckte mit den Schultern und murmelte Unverständliches. Wenn Rezeption – recepcja – hieß, musste es auch irgendein Wort für Reservierung geben und er versuchte alle möglichen Formen und erzwang schließlich, dass er in das Buch schauen durfte, das vor ihr lag und die Zimmerbelegung zeigte. Er suchte seinen Namen, fand ihn nicht. Entweder hatte Marian etwas missverstanden oder sie hatten es nicht eingetragen, oder, natürlich, er hatte den eigenen Namen angegeben. Verdammt, wie hieß der Kerl? Er schaute zu dem Mädchen auf, das ihn zufrieden anstrahlte, wieder mit den Schultern zuckte und sich abwandte um weiter auf den Fernseher zu starren.

Wütend fuhr er mit dem Finger noch einmal über die Namen in dem Buch. Ein Name mit M … irgendwas war eingetragen und dahinter ein Strich durch die nächsten Tage.

„Blöde Hexe, dir werde ich's zeigen", zischte er, stellte seine Tasche demonstrativ neben den Schalter, schmiss auch die Schultertasche hin, drehte sich um und lief zum Ausgang, die Treppe hinab, ohne auf ihr Rufen zu achten. Er wollte zurück zum Haus, Marian's Nachnamen von den Schildern abschreiben und die blöde Gans zwingen, ihm sein Zimmer zu geben. Das wäre ja noch schöner! Vermutlich hielten ihn auf der Straße alle für irre, denn er rannte ohne auf irgendetwas zu achten, selbst auf die Autos nicht, die einfach hier entlang fahren wollten oder einparken oder was immer. Er suchte die Klingeln ab und fand keine Namen, nur Ziffern. Na toll! Was nun? Der Straßenname stand über der Eingangstür, aber nicht ein Name irgendeines Mieters an irgendeinem der Klingelknöpfe. Der Tag war ihm schon am Vormittag weg gelaufen. Er stand und starrte auf die Tür bis sie aufging und ein Mann mit einer Plastiktüte herauskam. Er musterte ihn fragend. Cant schaute zurück, hob die Hand zeigte nach oben und sagte: „Marian". Der Mann blickte auch nach oben und sagte Marian, nickte und zuckte mit den Schultern und wollte weiter gehen. Cant versuchte es fragend: „Marian?" Er zuckte auch mit den Schultern. Der Mann zuckte gleichfalls. Verdammt nochmal, war das hier ein Begrüßungsritual oder was war das?, hob beide Hände und wollte erneut gehen. Cant hielt ihn am Arm, fischte seinen Pass aus der Tasche, schlug ihn auf, zeigte auf sein Bild und den Namen daneben: Stefan – Weber. Der Mann schien verstanden zu haben, strahlte ihn an, zeigte auf sich und sagte „Piotr Kulak". Er lachte, redete Unverständliches und wollte ihn umarmen. Cant wich zurück, zeigte auf sich und sagte „Stefan Weber". Bevor der andere nun mit seinem Kulak antworten konnte, zeigte er nach oben und fragte erneut: „Marian … Marian …?" Der Mann schaute ihn an. Lange. Endlich ging ihm ein Licht auf und er sagte: „Marian … Marian … Marian Malinowski". „Malinowski?" fragte Cant. Der Mann nickte begeistert, er zeigte nach oben und buchstabierte „M.a.r.i.a.n   M.a.l.i.n.o.w.s.k.i". Langsam und deutlich und freute sich. Cant schnappte nach dem Arm, schüttelte diesen und die daran hängende Plastiktüte. Flaschen klirrten. Er erinnerte sich, dass ihm Marian gestern im Laden gesagt hatte, dass Bier in Flaschen billiger sei, zudem Pfand auf den Flaschen liege, der Mann war also unterwegs, sich Nachschub zu holen. Er durfte ihn nicht länger aufhalten. Er schaute kurz in sein zufriedenes Gesicht und dachte: ein sparsamer Mann, ökologisch denkend, sehr lobenswert, und schoss davon. Das Mädchen im Hotel blickte ihm erwartungsvoll entgegen. Er schnaufte, bekam wieder Luft, zeigte auf das Buch vor ihr und sagte: „My friend Marian Malinowski booked a room for a week. Malinowski." Er knallte seinen Pass auf den Tisch. „Ich bin Stefan Weber. So, du Hexe, jetzt weißt du's."

Das Mädchen nahm den Pass, untersuchte ihn mit dem Eifer einer Zollbeamtin, dann begutachtete sie die Eintragung in ihrem Buch, fuhr mit der Hand den Strich entlang, schaute noch einmal in den Pass, zuckte die Schultern, klappte ihn zu und sagte auf Deutsch: „Sie sind ein Esel, Herr Weber, und ich bin keine Hexe."

Ihre großen Augen funkelten ihn an. Cant starrte zurück.
„Warum haben Sie das nicht gleich gesagt?"
„Was?"
„Ja was?"
„Auf jeden Fall bin ich keine Hexe. Ich heiße Rusalka."
„Ich bin Cant."
Sie schaute auf ihn, in den Pass.
„Ich dachte, Sie sind Stefan Weber?"
„Der bin ich auch."
„Und Sie möchten das Zimmer?"
„Ja, Mädchen, mach mich nicht wahnsinnig."
Sie schaute ihn an, lange.
„Ich bin kein Mädchen. Ich bin eine Frau. Zimmer 12, rechts um die Ecke. Den Pass gebe ich Ihnen zurück, wenn Sie sich frisch gemacht haben. Sie sind etwas derangiert."

Vermutlich musste man in polnischen Hotels um sich schießen. Es schien ihm logisch. Er schnappte seine Tasche und machte sich auf den Weg in sein neues Domizil. Rusalka, auch das noch! Ob Hexe oder Wassernixe, das war doch egal. Ihm blieb nichts erspart. Die Hexe hatte gemerkt, dass er nicht perfekt Englisch sprach und seelenruhig abgewartet, wie er sich abmühte und jetzt in einwandfreiem Deutsch geantwortet. Urkomisch in der Tat. Rusalka oder Wanda. Die waren alle gleich.

Das Zimmer war in Ordnung. Sauber, groß. Auch Bad und Toilette waren ansprechend. Er fragte sich, was in den bescheuerten Reiseführern stand, die er gelesen hatte. Bisher hatte er immer gute Zimmer bekommen. Überall. Er verstaute sein Gepäck auf der Ablage und öffnete das große Fenster, das zu einem schmalen Stehbalkon führte, auf dem gerade mal ein Plastikhocker Platz fand und schaute hinaus auf den quadratischen Platz. Eine Post befand sich an der Ecke gegenüber, unweit davon meinte er den Laden zu sehen, in dem sie gestern Nacht eingekauft hatten. 24 Stunden hatte der geöffnet. Verhungern würde er also nicht. Er musste sich einmal Zeit nehmen und nachzählen, wie viel Dollar er eigentlich besaß. Und er musste etwas eintauschen, denn er hatte kaum noch polnisches Geld. Zumindest schienen die Scheine echt zu sein. Dennoch musste er vorsichtig vorgehen und nicht zu viel an einer Stelle wechseln. Es war verdammt schwierig viel Geld zu besitzen. Verdammt schwierig! Er ging wieder ins Zimmer zurück und war gerade dabei, die Tasche zu öffnen, als es klopfte. Die Großäugige stand vor der Tür und strahlte ihn an:
„Eine kleine Aufmerksamkeit des Hauses."
Ein Tablett mit Wasser, Keksen und Schokolade, das sie an ihm vorbei trug und auf den Tisch stellte.
„Sie sind vor 12 gekommen, normalerweise sind die Zimmer erst ab Ein Uhr zu beziehen. Deshalb ...."
„Sie sprechen sehr gut Deutsch."

„Danke. Ich studiere an der Universität. Haben Sie sonst noch einen Wunsch?"

„Nein. Danke. Ich geh jetzt duschen. Doch. Wann haben Sie Feierabend?"

„Ich gehe in einer halben Stunde. Bis dahin sind sie noch nicht umgezogen. Aber morgen früh bin ich wieder da. Da können Sie es noch einmal versuchen, wenn ich gute Laune habe."

Sie zuckte mit den Schultern und verließ den Raum. Allmählich hatte er genug von diesem Mädchen, dieser Frau, doch sie gefiel ihm, gefiel ihm ausnehmend gut. Er nahm die Wasserflasche vom Tisch und stellte sich wieder ans Fenster. Busse hielten vor der Post und Fahrgäste stiegen aus und ein. Er konnte sich vorstellen eine Weile hier zu leben. Er wollte auspacken, aufräumen und dann die Umgebung erkunden. Er musste einen Waschsalon finden. Vielleicht konnte er seine Sachen auch im Hotel abgeben. Beim Öffnen der Tasche wurde ihm klar, dass er mit den Geldkoffer etwas unternehmen musste. Zwar hatte er Schlösser an der großen Tasche, aber man wusste ja nie. Und der Schrankschlüssel taugte nichts. Er sollte sich einen Pilotenkoffer besorgen oder etwas ähnliches, eine Laptoptasche vielleicht. Und er musste nachzählen. Zeit dazu hatte er ja. Er räumte die Tasche in den Schrank, ging ins Bad und wusch sich flüchtig. Schon an der Tür ging er nochmal zum Schrank zurück und nahm ein paar Dollarscheine und stopfte sie in die Hosentasche und verließ sein Zimmer. Die Frau war noch an der Rezeption und hielt ihm lachend seinen Pass entgegen.

„Das war ja eher eine Katzenwäsche."

„Gibt's hier ein Warenhaus?"

„In Warschau gibt's hunderte davon. Was wollen Sie denn kaufen?"

Die nervte eindeutig.

„Ich will dort spazieren gehen. Ich liebe Warenhäuser."

„Spazierengehen können Sie an der Weichsel oder auch im Zoo, der ist nicht weit weg. Kein Mensch geht in einem Warenhaus spazieren. Die sind zum Einkaufen da."

„Gut. Ich will Rasierschaum kaufen."

Sie musterte ihn, skeptisch, nickend.

„Eine Rasur kann auch nicht schaden."

„Das Carrefour ist nicht weit weg, zwei Stationen mit dem Bus 153."

„Und wenn ich laufe?"

„Sie gehen über den Platz und am Ende links und dann immer geradeaus bis Sie zu einer großen Kreuzung kommen. Dort sehen Sie das Kaufhaus."

„Danke, Sie sind sehr freundlich."

Sie zuckte mit den Schultern.

„Ich bin stets für das Wohl der Gäste da. Hier sind Sie sicher. Draußen freilich sollten Sie vorsichtig sein."

„Vorsichtig warum?"

Sie zuckte wieder mit den Schultern und zeigte dann auf den kleinen Fernseher neben ihrem Computer.

„Ein Deutscher ist gerade erschossen worden und drei Russen offensichtlich auch, wenn ich es richtig verstanden habe. Sie sind doch Deutscher?"

Cant trat zu ihr an den Schalter.

„Das ist nicht witzig."

„Finde ich auch nicht, aber so sagen sie in den Nachrichten. In Augustow gab's eine Schießerei, sie berichten schon den ganzen Vormittag davon. Aber das ist weit weg, vermutlich müssen Sie sich keine Sorgen machen."

„Ich komme aus Augustow."

Sie schaute ihn an.

„Tatsächlich. Aber Sie leben ja noch."

„Und was war da los?"

„Also das war ein Scherz. Ich wollte bloß, dass Sie auf sich aufpassen. Erst vor einer Woche gab es einen ähnlichen Vorfall in Krakau. Heute früh stürmte eine Gruppe von Bewaffneten in den Frühstücksraum eines Urlaubhotels in Augustow. Dort saß ein Minister gerade beim Frühstück, seine Leibwächter haben die Waffen bemerkt und sofort reagiert. Es gab eine Schießerei, bei der zwei oder drei Angreifer getötet wurden, die Leibwächter verletzt.

Der Politiker blieb unversehrt, aber ein deutscher Tourist, der am Nebentisch saß, kam ums Leben. Die vor dem Hotel versammelten Reporter spekulieren wild über die Hintergründe, denn der Politiker hatte sich in letzter Zeit eigentlich nicht sonderlich exponiert, allerdings ist er auch für Tourismus und Regionalplanung zuständig und so ist von Korruption und Mafia die Rede und was weiß ich noch alles. Also gehen Sie ins Carrefour und kaufen sich Ihren Rasierschaum und denken Sie nicht darüber nach. Mich nerven solche Ereignisse, ich verstehe nicht, was in unserer Gesellschaft los ist und dachte dergleichen Geschichten gehörten der Vergangenheit an. Anfang der neunziger Jahre gab es das, aber seitdem hat es sich beruhigt. Dachte ich. Darum habe ich so daher geredet. Wissen Sie, ich liebe mein Land und lebe gerne in Polen."

Ein junger Mann mit einer schwarzen ledernen Umhängetasche kam eilig in den Raum und ging hinter den Tresen. Er entschuldigte sich wohl für seine Verspätung, legte die Tasche ab und schaute in die Papiere und auf den Computerbildschirm. Rusalka nahm ihre Handtasche und eine Plastiktüte und verabschiedete sich. Das alles war so rasch gegangen, dass sie miteinander die Treppe hinab auf die Straße gingen.

„Dort drüben ist die Bushaltestelle, es sind zwei Stopps bis zum Carrefour."

„Und die Fahrkarte?"

„Die gibt's am Kiosk. Sie bleiben länger, vielleicht kaufen Sie sich erst einmal eine Dreitageskarte."

„Und wie heißt das?"

Sie schaute ihn an, dann auf ihre Armbanduhr.

„Ich habe noch fünf Minuten. Ich hole Ihnen eine."

Sie lief zum Kiosk und kam bevor Cant sich regen konnte mit einem Fahrschein zurück.

„Vergessen Sie das Stempeln nicht. Das Geld können sie mir morgen geben. Ich muss zur Haltestelle, mein Bus kommt. Ich fahre in die andere Richtung. Sie können da drüben alle Busse nehmen bis auf die 102. Tschau."

Weg war sie und um die Ecke. Cant ging langsam hinterher, sah sie in einen Bus steigen, der gleich darauf davon fuhr. Er querte die Straße, lief am Flachbau einer Apotheke entlang zu seiner Haltestelle an der Post. Dort reihte er sich zu den Wartenden. Im Fenster der Post befand sich eine Lichttafel mit Devisenkursen. Der Dollarkurs schien ihm besser, als in den Hotels, in denen er bisher getauscht hatte. War ja eigentlich klar. Wo lebte er eigentlich? Ja, wo? Es war Zeit, dass er dies herausfand. Das Carrefour lag an einem verkehrsreichen Platz an dessen Rand die Türme einer orthodoxen Kirche aus dem Grün ragten. Davor stand ein Denkmal mit einem Panzer, der von heroischen Soldaten flankiert wurde. Auf dem Weg nach Westen, irgendwo hatte er gelesen, dass Solidarnosc-Leute während der Tage des Kriegsrechts in den Achtzigern ein Denkmal umgedreht hatten, so dass die Kanonen nun nach Osten zielten. Jenseits der Kreuzung erstreckte sich der gläserne Bau des Kaufhauses. Auf dem Vorplatz zum Haus gab es Marktstände mit Gemüse und Obst und eine Krimskramsbude. Daneben hielten zwei Frauen den Vorbeieilenden gebrauchte Kleider entgegen, die eine hatte auch eine Stange Zigaretten unter den Arm geklemmt. Winston, wie er entziffern konnte. Vor den beiden großen Flügeltüren tuschelten zwei junge Mädchen hastig rauchend mit Getränkebechern in den Händen. Hinter dem Glas glitt er in eine Welt aus Farben, gedämpftem Licht und leiser Musik, einschmeichelnd nannte man die wohl. Der Geruch von Parfüm von einem langgezogenen Verkaufsstand hing in der Luft. Alle, nicht nur Cant, verloren ihre Unrast und schwebten an den Schaufenstern der Boutiquen vorbei nach vorne zu den Rolltreppen und fuhren ins erste mächtige Herz dieses Tempels. Rechts führte eine Galerie mit Läden ins Gebäudeinnere. Links sah er den reklametafelverstellten Eingang eines Elektronikmarktes. Die meisten Kunden liefen zur nächsten Rolltreppe und er folgte ihnen. Oben angekommen fand er den weiträumigen Supermarkt oder Hypermarkt, weil super nicht mehr reichte. Als er an einem aufmerksamen Wachbeamten vorbeigehen wollte, erinnerte er sich, dass er ja kein polnisches Geld besaß und erst einmal seine Dollar eintauschen musste. Er blieb stehen, schaute und sah tatsächlich einen Bankschalter. Er schob zwei Hunderternoten durch den Schlitz und wurde nach seinem Pass gefragt. Den studierte der Mann, danach prüfte er die Scheine an einem kleinen Gerät. Offensichtlich war alles okay, er tippte auf der Tastatur seines Computers herum, nahm einen Beleg aus dem Drucker und quetschte die Umtauschsumme samt Pass zurück. Cant nahm Pass, Geld und Beleg und ging wieder in Richtung Laden. Auf dem Beleg war nur die Transaktion ausgedruckt, sein Name noch, nicht aber die Nummer seines Passes. Er hatte nicht darauf geachtet, ob der Mann diese in seinen Computer eingegeben hatte. Auf jeden Fall sollte er an unterschiedlichen Stellen tauschen. Das war klar. Doch sein Geld war echt, das war wichtig, es gehörte ihm nicht, er hatte es nur. Wie auch immer, er sollte vorsichtig sein. Blöde Paranoia! Er brauchte Ruhe, eine Pause, sich einfach entspannen am Strand. Der war weit weg und an der Ostsee war er noch nie gewesen. In New York auch noch nicht, Herr Basse!

Der Typ, der ihn vorhin misstrauisch gemustert hatte, schien verfolgt zu haben, dass er sich mit Geld versorgt hatte. Er war zufrieden, hielt ihm sogar freundlich die Schranke auf und zeigte auf die Einkaufskörbe, die hinter dem Eingang gestapelt waren für Kunden, die keinen Wagen genommen hatten. Cant bediente sich und versuchte aus dem Blickfeld des Mannes zu kommen. An der zweiten Regalreihe drehte er sich um und sah, dass dieser schon längst mit anderen Kunden beschäftigt war. Er betrachtete die Waren: Hefte, Bleistifte, Schreibblöcke, Wasserfarben, alles für die Schule. Weiter vorne die Sonderangebote mit Sixpacks diverser Biersorten. Links daneben eine große Handy- und Computer-abteilung. Er stellte fest, wenn er den Kurs grob umrechnete, dass manches hier billiger war, als in den Läden daheim und verstand seine Erinnerung kaum, die ihm sagte, dass alle Polen in den Westen fuhren um dort billig einzukaufen. Völlig bescheuert, wie ihm schien. Die Schönheit grenzenlosen Konsums war längst schon hier angekommen. In der Lebensmittelabteilung fand er rund zehn

Sorten Rama und blieb verwundert stehen. In München wurde eine angeboten, bestenfalls zwei, aber zehn? Was er nicht fand, war ein Pilotenkoffer, wie er ihn sich vorgestellt hatte, und weil er sich von dem Typen am Eingang verfolgt fühlte lud er diverse Schinken, Käse, Brot, Bier und eben auch Rama in seinen Korb und schleppte ihn zur Kasse. Töricht war das nicht, denn er wollte ja in dem Hotel ein paar Nächte bleiben und so hatte er einen Vorrat, den er essen konnte, wenn er nicht weg wollte und billiger war es auch. Sogar ziemlich billig, als er den Betrag auf dem Display las. Viel war es zudem, so dass er zwei Plastiktaschen kaufen musste. Na toll, jetzt konnte er sich bepackt wie ein Esel auf den Heimweg machen. Ein Stockwerk tiefer sah er einen Laden, in dem er endlich den gewünschten Koffer bekam. Nicht ganz so billig, aber okay. Mit dem Kram stapfte er zu einem Schnellrestaurant und ließ sich an einem Tisch unweit der Theke nieder. Er holte sich Gulasch mit Kraut, Kartoffelbrei und ein Bier und begann zu essen. Der Anfang des sich Eingewöhnens in diese Stadt war geschafft, nun konnte der Alltag beginnen.

Im Hotelzimmer setzte er sich hin und zählte sein Geld. Rund 400 000. Alles in gebrauchten Hunderterbündeln, ein paar Fünfziger waren auch dabei. Ein schöner Batzen, den er durch halb Polen geschleppt hatte. Er war ein reicher Mann und würde nichts wieder rausrücken. Vielleicht hatten sie seine Spur verloren. War ohnehin seltsam, dass sie ihn gefunden hatten. Vielleicht über die Hotelmeldescheine. Auch hier hatte er seinen Pass abgegeben. Aber die konnten unmöglich Zugang zu allen Daten haben. Vielleicht hatten sie einfach Glück gehabt. Herbert war sicher schon über die Grenze. Er stapelte das Geld in den Pilotenkoffer und stellte die Zahlenschlösser ein. Jetzt war das erst einmal aufgeräumt. Könnte zwar alles immer noch geklaut werden, aber das war nun unwahrscheinlicher. Er räumte den Koffer in den Schrank und stellte die Tüte mit den Lebensmitteln davor. Irgendwann musste er einmal Kleider waschen. Das hatte Zeit. Die Sonne schien, er wollte nach draußen in die Stadt. Vermutlich waren die Häuser um den

Platz in den Fünfziger Jahren errichtet worden. Massig, pompös mit hohen Geschossen, in denen heutige Architekten locker zwei Etagen unterbringen konnten. Säulengänge führten zu den dahinter liegenden Höfen. In der Mitte des Platzes, gab es eine Grünfläche mit Bäumen, Sträuchern, Blumen und Bänken und in einer Rotunde befand sich eine Mineralwasserquelle, an deren Hähnen Leute Plastikflaschen abfüllten. War vielleicht auch für ihn nicht so schlecht nach dem vielen Bier der letzten Tage. Es schmeckte faul und salzig und roch irgendwie. Er beschloss seine Kur vorerst aufzuschieben. Man soll nichts überstürzen. Er blieb ja noch einige Tage. Er überlegte, welcher Wochentag heute war. Nach dem Aussehen der Leute ein Arbeitstag. Also war gestern Sonntag gewesen. Aus der Welt und aus der Zeit. An die Leute daheim hatte er in den letzten Tagen überhaupt nicht mehr gedacht. Und gemeldet hatte er sich auch bei niemandem. Dann war da wohl nicht so viel nach knapp dreißig Lebensjahren. Ein tolles Ergebnis. Konnte sich sehen lassen. Leises Unbehagen bereitete ihm nur, dass er eigentlich was schreiben wollte über die Reise und den Aufenthalt. Nur was? Es gab nichts, dass er aufschreiben konnte. Noch nicht einmal Tagebuch hatte er geführt, sonst ein Ritual, das er akribisch zelebriert hatte. Völlig sinnlos! Die eigene Spur in der Zeit. Damit etwas bleibt. Irgendwie kam ihm dieser Gedanke hier auf dem Platz völlig blödsinnig vor. Ob der Alte, der am Brunnen seine sechs Fünfliterflaschen mit Mineralwasser füllte und auf seinen Handkarren stellte Tagebuch schrieb? Er schalt sich seiner Überheblichkeit dem Mann gegenüber. Was wusste er vom Leben anderer Menschen? Nichts wusste er! Der Mann war in den Sechzigern. Rentner vermutlich, hatte sein Leben lang gearbeitet, war verheiratet, hatte Kinder großgezogen und nachts gewacht, als sie die ersten Zähne bekamen, sie in den Arm genommen beim ersten Liebeskummer. Nun war er alt, brachte Wasser heim zu seiner Frau, zu Nachbarn vielleicht, die nicht mehr so rüstig waren, wie er selbst und er, der Herr Weber, mit Kampfnamen Cant mokierte sich darüber, ob er Tagebuch schrieb oder nicht. Peinlich.

Vielleicht sollte er doch einmal kurz seine Eltern anrufen. Oder sonst jemanden. Auf den Bänken im Park saßen junge Mütter, manche hatten Einkaufstaschen neben sich stehen und schauten auf ihre Kleinen, die auf Plastikautos und Fahrrädern die Wege unsicher machten. Alltag in der Stadt. Ob er es auch einmal schaffte, ein Familienvater zu werden? Die zuckenden Schultern. Mit der vielleicht. Seltsame Gedanken. Er war der einzige junge Mann, der auf einer Parkbank saß. Doch nur die Kinder musterten ihn neugierig, wenn sie Extrakreise vor ihm fuhren. Die Mütter redeten miteinander oder starrten vor sich hin. Drüben im Block, neben einem Supermarkt, sah er die Tafel eines Internetcafés. Ein schmaler halbdunkler Raum. Am Eingang saß ein Rotschopf vor seinem Computer und schaute hoch. Er hatte einen Zettel vor sich liegen mit den Verbindungspreisen, sechs Zloty die Stunde. „Half a hour. I want to check my e-mails." Der Mann zeigte zu einem freien Computer. Mehr als genug Nachrichten waren in seinem Postfach. Er blätterte sie durch und öffnete die seiner Mutter. Hallo Schatz, wie geht es dir? Lass mal von dir hören! Küsschen Ma. Ein bisschen mehr schreiben hätte sie wohl können. Sie schrieb nie viel. Warum also jetzt? Auch seine Antwort fiel kurz aus. Angelika hatte gleichfalls geschrieben. Sie vermisste ihn. Na wunderbar. Sie war so weit weg. So weit. Die anderen Mails von Bekannten oder Freunden berührten ihn wenig. Er wusste ihnen nichts zu erzählen. Floskeln. Von der Redaktion war eine Anfrage gekommen, die er mit Unbehagen öffnete. Nein, er hatte keinen Stoff und konnte auch in Bälde nichts liefern. Was war zu schreiben nach ein paar Tagen in einem fremden Land, das er vorher nie besucht hatte, dessen Menschen und deren Lebensweise ihm fremd waren! Sollte er das Wissen aus seiner Welt darüber stülpen? Neben ihm an den Computern saßen Jugendliche in Spiele vertieft. Zwei hatten Bierdosen neben der Tastatur stehen. Offensichtlich verkaufte der Mann auch Getränke. Er hatte keine Lust, etwas zu trinken. Nicht hier. Er erhob sich und ging nach draußen, stand unschlüssig im gleißenden Licht vor der Tür. Ins Hotel zurück? Nein. Wenn er nach rechts ging und am Ende des

Platzes nach links abbog, sollte er zu der Kreuzung kommen, an der er im Supermarkt eingekauft hatte. Vielleicht konnte er noch ein paar Scheine eintauschen. Krimskrams kaufen. Ein Buch. Er meinte in den Gängen einen Buchladen mit englischsprachigen Büchern gesehen zu haben. Seit Tagen hatte er kein Buch mehr in der Hand gehalten. Daheim waren zwei Bücher die Woche sein normales Pensum. Daheim! Je näher er der Kreuzung kam, desto lauter wurde der Verkehrslärm. Lkw, Busse, Straßenbahnen und Pkw, die einen unbarmherzigen Kampf um Fahrspuren ausfochten. Freie Fahrt dem freien Bürger! Wenn er genau hinsah, schien ihm alles ein heilloses Chaos zu sein. Ausbund der Hölle, deren Schlünde aufgebrochen waren und ihr Inneres über die Erdoberfläche ausgegossen. Quietschend, kreischend, brummend und dröhnend. Im Rhythmus und Klang vergleichbar dem Gesang des alternden Bob Dylan, der nur noch aus Bellen und Krächzen bestand, untermalt von hämmernden Rockmelodien. Zehn Meter entfernt an der Ampel, jenseits des Übergangs starrte ein Mann zu ihm her, eine Ledertasche mit Riemen über die Schulter gehängt. Ein Angestellter zwischen 50 und 60, der ihn fixierte, nicht aus den Augen ließ. In der Hand hielt er eine Zeitung, mit der er an seinem Gesicht herumwedelte oder auf ihn zu zeigen schien. Zunächst leise fühlte er Panik kommen. Mit aller Macht fiel sie über dann ihn her. Die Nachrichten aus Augustow. Der Angriff hatte nicht dem Politiker gegolten, sondern Herbert, der war erschossen worden. Der Idiot war nicht weiter gefahren, sondern in dem Hotel abgestiegen und aufgestöbert worden. Der Mann wusste das, er selbst wusste es auch, hatte es gleich geahnt, als das Mädchen ihm davon erzählte. Er hatte es nicht wahrhaben wollen. Als alle sich in Bewegung setzten, weil die Ampel auf Grün geschaltet hatte, blieb er zitternd auf der Stelle stehen, wurde angerempelt und sah den Mann immer näher auf sich zukommen. Er wandte sich zur Flucht, drängte sich quer zu den andern zum Straßenrand und hetzte über die Fahrbahn, zwischen den wartenden Autos hindurch auf die Straßenbahninsel, die freilich keine Sicherheit bot, denn die Gestalten des Denkmals dort schwankten, bogen und drehten sich ihm entgegen und suchten unter rollendem Urrääähh sich vom Sockel zu lösen und sich auf ihn zu stürzen. Er musste weiter, wich erschrockenen Fahrgästen aus und kreischenden Straßenbahnen, rannte an hupenden Autos vorbei, deren Formen sich aufzulösen begannen, die als Blechbrei den Asphalt überschwemmten an Schuhen und Hose zu haften drohten. Es war keine Laufen mehr, eher ein Stampfen durch diese wabernde Welt, mit dem entsetzlichen Blick des Mannes im Nacken und der tobenden Angst im Leib. In der Ferne sah er das rettende Grün eines Parks, doch er kam nicht frei. Hände reckten sich ihm entgegen und drückten ihn auf die Fahrbahn zurück, zwangen ihn auf den nächsten Übergang und drüben zum Höllenschlund einer Fußgängerunterführung, die graudunkel lockend zum Mittelpunkt der Erde führte. Er klammerte sich an die Eingangsmauer, stemmte sich gegen den Sog, kroch auf die rettende Außenseite und hangelte sich mit aller Kraft, die er immer noch besaß, an ihr entlang. Am Ende der Mauer konnte er die Straße wieder sehen, die immer toller und grässlicher waberte. Vor ihm standen Leute an einer Bushaltestelle, friedvoll wartend, von allem unberührt. Vielleicht, dass die erste Rettung gelang, sobald er sich zu ihnen durchschlagen konnte. Die Angst sank, das Zittern verlor sich. Doch er wusste alles holte ihn ein, desto länger er wartete. Er wagte den Sprung in die erschrockenen Gesichter hinein, die sich von ihm weg bogen, in die Hauswand und in die schmale Glaswand der Haltestelle. Selbst ins Pflaster tauchten sie hinab und er spürte krachende Schädelknochen über die er sprang, bis er endlich die Menge hinter sich gelassen hatte, auf Steinplatten weiterhetzte, hart am Rande der bösartig schnappenden Fahrbahn, die immer mehr vom Bürgersteig verschlang. Soweit er sehen konnte, überall nur diese Woge aus Plastik und Blech und schmatzendem Stein. Voller Panik sah er sich verloren, bis er erkannte, dass dicht an den Hauswänden Menschen gingen, die Woge nicht weiter kam, also zwängte er sich auf diesen schmalen Pfad und hetzte ihn entlang und gelangte zu einer Seitenstraße, die Rettung bot, denn nur ein paar Meter züngelte der

Brei dort hinein. Er rannte vielleicht hundert Meter weit, dann traute er sich Schritt zu gehen. Still war es hier, menschenleer, tot. Die Panik kehrte zurück und raubte ihm fast die Atemluft. Er durfte sich nicht umschauen, soviel wusste er, stolperte weiter, kämpfte gegen Atemnot und die Angst stehen zu bleiben und zu warten, bis alles über ihm zusammenschlug. Jetzt spürte er lähmende Müdigkeit. Er hatte keine Kraft mehr, wollte nicht weiter durch den Schwall seiner Angst. Plötzlich ein Bus fuhr vorbei, ihm folgten zwei Pkw. Schemenhaft nun nahm er Häuser wahr. Tore, die in kleine Höfe führten. Dort im Dunkel lauerte nichts. Er kam an eine Straßengabelung, auf einem kleinen Parkflecken zwischen den Straßen standen Musikanten. Er setzte sich auf eine Bank zu ihnen. Sie ergriffen ihre Instrumente und begannen ihr Spiel und nach ein paar Minuten fand er zu normalem Atem zurück. Eine Vorstadtkapelle hatte ihm sein Leben wieder gegeben.

„Sie kommen spät. In zehn Minuten wird der Frühstücksraum abgesperrt."

Cant hatte geduscht, frische Kleider angezogen. Er fühlte sich gut und ausgeruht.

„Für Kaffee wird es reichen. Sagen Sie, gibt es hier einen Waschsalon in der Nähe?"

Sie schaute ihn an, zuckte die Schultern.

„Sie können Ihre Wäsche in den Beutel im Schrank legen. Wir erledigen das, ansonsten kann ich mich erkundigen. Ich sage es Ihnen nachher."

Sie wandte sich ihrem Computer zu. Cant lief die Treppe hinab und setze sich an einen Tisch, auf dem Teller und Besteck noch für den späten Gast gerichtet waren. Das Mädchen brachte ihm Rührei mit Schinken, eine Riesenportion. Kaffee gab es eh genug in der Kanne. So konnte der Tag beginnen, wenn da nicht das leise Unbehagen gewesen wäre und die fehlende Erinnerung, wie er ins Hotel zurückgekommen war. Seine Hand zitterte, als er sich die Tasse voll schenkte. Doch er aß mit gutem Appetit und getrunken hatte er wohl gestern nicht so viel wie sonst. 2 leere Dosen waren auf dem Tisch gestanden. Das letzte, an das er sich erinnerte, war das Spiel der Kapelle. Er schaute zum Fenster hinaus. Blauer Himmel. Wieder ein schöner Sommertag. Auf dem Nebentisch lag eine Zeitung aufgeschlagen mit Fotos und großen Textbalken. Augustow Irgendwas. Das Mädchen wollte die Zeitung wegräumen und er bat, dass sie sie ihm brachte. Ein Foto zeigte einen großen Raum in dem umgestürzte Stühle und Tische zu sehen waren und markierte Stellen auf dem Boden, auf denen offensichtlich Personen gelegen hatten. Vom Text konnte er nichts entziffern. Doch zeigten alle Fotos Chaos und Erschrecken in den Gesichtern von Leuten, die offensichtlich interviewt worden waren. Kein Wunder, das Marian gleich gefahren war, um seine Frau abzuholen. Er würde nachher zu ihm gehen und hoffentlich hören, was geschehen war. Auch musste er sich bedanken für die Unterkunft und dann war da noch die Sache mit der Wohnung, obgleich er nicht wusste, ob das nicht eine rechte Schnapsidee war. Was soll's, nette Leute, die konnte er brauchen, falls die Angst wieder über ihn hereinbrechen sollte. Aber reden darüber konnte er mit ihnen nicht. Er hatte in den letzten Nächten wenig geschlafen. Vielleicht deshalb. Er nahm die Zeitung und ging aus dem Frühstücksraum. Rusalka stand oben am Empfang und schaute ihm entgegen.

„Wie geht es Ihnen heute?"

„Wieso?"

„Ich habe gehört. Sie mussten sich gestern heimbringen lassen?"

„So schlimm war es nicht."

„Wie schlimm?"

„Es ging. Ich war in einer Jazzkneipe in der Straße rechts hinter dem Carrefour, da bin ich dann wohl versackt."

„Eine Jazzkneipe dort, die kenne ich gar nicht."

„Eine Band mit fünf oder sechs Leuten hat da gespielt in einem kleinen Garten vor dem Haus."

Sie schaute ihn verwundert an.

„Da steht ein Denkmal mit Musikanten vor einem Blumenladen. Da fährt der Bus vorbei. Aber dort ist keine Jazzkneipe."

„Doch, doch, ich war ja dort."

Er sah, dass sie ihm nicht glaubte. Eigentlich hatte er noch mit ihr reden wollen, nun lief er weiter und in den Gang zu seinem Zimmer. Ein neuer Tag, neues Leben und Reden kam ihm vor wie Verrat. Was wusste sie von ihm und er von ihr. Er legte sich auf sein Bett. Schlief ein.

Die Sonne schien immer noch. Er schaute auf die Uhr: Nachmittag. Da war sie schon fort. War sie nicht. Als er auf den Flur hinaustrat, sah er sie gerade sich ihre Tasche umhängen um zu gehen. Sie stoppte, als sie ihn bemerkte.

„Hallo. Jetzt habe ich frei."

Blöderes hätte nicht passieren können, ihm fiel nichts ein, was er hätte antworten können. Er ging einfach die Treppe hinab und sie folgte ihm.

„Hey, schlechte Laune oder was?"

„Cafard."

„Was ist das?"

„Trübe Stimmung. Was glauben Sie, warum ich weggelaufen bin."

„Weggelaufen vor mir?"

„Vor daheim."

„Manchmal muss man auch Dinge aushalten können."

Sie waren auf der Straße angekommen und er schaute sich nach einem Fluchtweg um. Sie berührte ihn am Arm.

„Gehen wir einen Kaffee trinken."

„Ich hasse Kaffee."

„Sie können auch einen Cappuccino nehmen."

„Kann ich. Aber dann muss ich zu meinen Freunden. Die sind gerade aus Augustow zurück und ich will wissen, was da passiert ist."

„Warum interessiert Sie das? Drei Tote und zwei Verletzte gab es da, habe ich Ihnen doch erzählt."

„Ich habe die Nachrichten angeschaut und nichts verstanden."

„Mehr weiß ich auch nicht. Die Medien spekulieren wild drauf los. Wissen Sie meine Großmutter hat mir das erzählt, früher gab es uns und die anderen, jeder kannte seine Rolle im Land und richtete sich ein und man konnte leben, wenn man ein paar Regeln beachtete. Heute ist alles durcheinander. Es gibt eine tiefe Kluft in der Gesellschaft. Die Politiker bilden eine eigene Kaste, die fast ebenso wenig mit den normalen Menschen zu tun hat wie früher. Sie nennen sich Demokraten, sind aber keine und suchen nur den eigenen Vorteil. Alle suchen nur den eigenen Vorteil. Und die Kirche, die angeblich alle Polen im Glauben eint, hat eine verhängnisvolle Entwicklung genommen. Ich gehe schon lange nicht mehr in den Gottesdienst, obgleich ich eine gute Katholikin bin und an Gott glaube. Naja so ist es. Hier können wir einen Kaffee trinken."

Sie zeigte auf einen kleinen Biergarten am Rand des Parks unweit der Bushaltestelle, an der sie ihn gestern verlassen hatte.

„Vielleicht möchten Sie lieber ein Bier. Ich trinke einen Cappuccino."

„Eine Cola ist okay."

Sie bestellte bei dem Mann, der aus dem Lokal gekommen war und wandte sich ihm wieder zu.

„Ich habe im Internet recherchiert und eine Menge Fundstellen gefunden. Sie haben ganz schön viel veröffentlicht. Und jetzt sind Sie hier und wollen über Polen schreiben?"

„Hatte ich vor, aber daraus wird wohl nichts."

„Warum? Gefällt Ihnen das Land nicht?"

„Doch schon, aber bisher habe ich das Gefühl, ich kratzte nur an der Oberfläche herum."

„Blöd, wenn man die Sprache nicht versteht."

Cant lachte.

„Stimmt, aber ich treffe dauernd Leute, die Deutsch oder Englisch sprechen. Das ist es nicht. Nein, das Gefühl hatte ich schon in München, deswegen bin ich ja fort."

„Ich dachte, Sie sind vor Ihrer Freundin weggelaufen?"

„Nein, bin ich nicht, eher vor mir selber."

„Wo immer man auch hinfährt, man ist immer bei sich selbst."

„Woher kennen sie das Zitat?"

„Keyserling habe ich gelesen. Wissen Sie deutsche Literatur und Philosophie gehört zum Kanon in polnischen Schulen."

„An der Uni meinen Sie?"

„Nein, schon in der Oberschule, Goethe, Schiller, Hölderlin, Thomas Mann, Kafka, Döblin, Frisch, auch moderne Autoren wie Handke. Die werden im Unterricht durchgenommen und sind Ferienlektüre. Da bekommt man eine Leseliste für die langen Sommertage."

„Wir haben den Faust in der letzten Oberschulklasse wechselseitig gelesen. In jeder Deutschstunde ein paar Seiten. Kaum einer hat sich dafür interessiert. Die Buddenbrooks, viel zu lang! Ich glaube, wir haben uns den Film angesehen, aber gelesen hat das Buch keiner."

„Das ist aber schade."

„Wieso? Selbst an der Uni lesen viele Studenten die Bücher nicht, die lesen Zusammenfassungen und Kommentare. Als ich meine erste Buchbesprechung geschrieben habe, die „Geheimen Mächte" von Mailer, habe ich zu dem Redakteur gesagt, ich bräuchte ein paar Tage, schließlich habe das Buch fast tausend Seiten. Der war ganz erstaunt und hat nachgefragt, ob ich denn den Roman tatsächlich durchlesen wolle, bevor ich darüber schriebe."

„Ein Volk das nicht liest, verliert seine Identität."

„Der Satz klingt gut, ist aber ein bisschen hinter der Zeit. Für mich ist Lesen wie Essen. Manchmal verschlinge ich Bücher gerade so. Allerdings, seit ich hier bin habe ich kein Buch angeschaut."

„Und was machen sie stattdessen? Steigen den Polinnen nach?"

„Wäre was, aber bisher ist mir noch keine begegnet, die so ist, wie Sie es sind."

„Wie bin ich denn?"

„Na fantastisch, das wissen sie doch."

„Es wissen und ein Kompliment zu bekommen sind ein Unterschied."

„Ich bin nicht so gut in solchen Sachen."

„Sie können ja noch üben, ich muss jetzt nämlich gehen. Ich habe noch ein Seminar am Nachmittag."

Sie stand auf und weg war sie, bevor er es richtig kapiert hatte. Komische Frau! Er fragte sich, ob er sie vielleicht gekränkt hatte. Nur wie? Keine Ahnung! Vielleicht sollte er ihr von dem Geld erzählen und der unmöglichen Lage, in die er sich hineinmanövriert hatte. Was würde sie ihm schon raten können? Als der Mann zum Tisch kam und die Cola und Kaffeetasse einsammelte, bestellte er ein Bier und schaute ihm hinterher, wie er ins Lokal zurück ging. Er spürte die Welle leise aufsteigen, zu schwach freilich, um über ihn zusammenzuschlagen. Er musste zu Marian und seiner Frau. Er ließ seinen Blick über die Hausfassade gleiten. Die Fenster starrten ihn an oder starrte er sie an? Neugierig was hinter ihnen in den Räumen geschah. Manche Rahmen waren neu und erst jüngst ausgetauscht worden, andere grau, mit abblätternden Farbresten. Ob mit den neuen Fenstern auch neue Mieter einzogen, weil man die Wohnungen dem Markt preisgegeben hatte?

Er kam zu dem Hochhaus. 29 oder 30. Verdammt, warum konnten die Pfeifen hier keine Namen auf die Klingelschilder schreiben. 30 funktionierte. Im Fahrstuhl überlegte er sich, was er sagen sollte. Erst einmal hören, was in Augustow geschehen war. Hoffentlich hielt er das durch. Marian stand an der Tür und lud ihn hinein. Seine Frau saß im Wohnzimmer auf der Couch. Man sah ihr an, dass sie noch ziemlich durcheinander war. Sie erzählte und Marian übersetzte.

„Ein Deutscher?"

„Soweit ich es verstanden habe."

„Aber warum?"

„Ich weiß es nicht. Das war alles der reine Wahnsinn. Ich lief durch die Halle und wollte zum See, als es passierte. Wir haben uns auf den Boden geworfen, und hinterher, keine Ahnung, ich bin froh, dass ich da heil herausgekommen bin. In den Nachrichten haben sie nichts gesagt, und ich will es auch gar nicht wissen, ich will alles vergessen."

Marian legte den Arm um sie und blickte zu Cant. Er wollte, dass er aufhörte zu fragen und er hatte Recht. Sie wusste nichts über den Mann, kannte seinen Namen nicht. Warum auch? Cant blieb mit seinen Mutmaßungen allein. Alle glaubten, dass der Anschlag dem Politiker galt, und die Presse stützte diese Theorie. Und was zum Teufel wusste er? Nichts! Vielleicht war der Irre nicht weiter gefahren. Vorstellen konnte er sich dies, wollte es nicht. Eine Freundin hatte ihm einmal gesagt, dass er alles auf sich bezöge. Regine. Eine Freundin. Wie sich das dachte und anhörte, als ob er tausend Freundinnen gehabt habe. Die Zahl ließ sich überschauen. Marian schenkte Tee ein und erzählte noch einmal von der Wohnung, zu der sie später noch einmal hingehen wollten um sie sich gemeinsam anzuschauen. Cant beneidete die beiden um ihre Häuslichkeit. Er schaute durch die offene Balkontür auf das Panorama der Stadt. Er war sich nicht sicher, ob er die Wohnung noch so toll fand wie am ersten Abend. Marian erzählte der Frau von Cants Angebot, offensichtlich hatte er dies bisher nicht getan und Cant spürte ihr Misstrauen, sie wollte wissen, wie das überhaupt gehen solle. Ausländer könnten ja gar keinen Besitz erwerben und woher er überhaupt das Geld habe, das könne er doch nicht so einfach transferieren. Marian schaute ein wenig hilflos zu Cant und dieser erzählte, zunächst sich verhaspelnd, doch dann immer sicherer von Geld in einem Berliner Schließfach, das seine Eltern für ihn gesammelt hätten und über das er verfügen könne. Wie er das denn hierherschaffen wolle, zwar gäbe es keine richtigen Zollkontrollen mehr an der Grenze, aber der Zoll kontrolliere nach wie vor, besonders in den Zügen und Devisenvergehen seien nicht auf die leichte Schulter zu nehmen. Das werde er schon hinkriegen, kein Problem. Sie musterte ihn skeptisch und redete dann auf Marian ein. Schließlich sagte Marian, dass sie sich erst einmal die Wohnung anschauen würden und danach würden sie sich sein Angebot überlegen. Cant zuckte mit den Schultern und meinte, er würde sich freuen und um die Hunderttausend sollten sie sich keine Gedanken machen, am Montag könne er sie ihnen geben. Er stand auf. „Du weißt ja wo ich wohne. Ruf an. Heute am Abend oder morgen früh." Er verließ die Wohnung als sei er auf der Flucht. Marian folgte ihn zur Tür und während Cant auf den Fahrstuhl wartete, gab er ihm die Hand und sagte, „wir versuchen das. Barbara ist sonst nicht so, aber die Augustow-Geschichte hat sie aus der Bahn geworfen. Ich rufe dich an, auf jeden Fall."

Draußen war die Sonne verschwunden. Er hatte gar nicht mitbekommen, dass der Himmel sich bewölkt hatte. Er stand unten vor dem Haus und wusste nicht recht, was er tun sollte. Ins Hotel zurück wollte er nicht und in die Stadt laufen auf keinen Fall. Er würde an der Kreuzung nicht vorüberkommen und er wusste keinen anderen Weg ins Zentrum. Bier trinken, sich besaufen war auch keine Lösung. Der Mann, den er gestern nach Marians Nachnamen gefragt hatte, schleppte klirrend eine volle Tasche heim. Er kam auf ihn zu und gab ihm die Hand. Bevor er losplappern konnte, hob Cant die Arme und zeigte nach vorne, ihm zu signalisieren, dass er es eilig habe. Der Mann schüttelte seine Tüte und deutete an, dass er Cant zum Trinken einladen wolle, doch Cant wandte sich ab und ging fort. Wenn Marians Frau mitbekam, dass er sich mit jemanden aus dem Haus auf ein Bier einließ, wäre er vermutlich in ihren Augen gänzlich erledigt. Er drehte sich noch einmal um und suchte oben das Wohnungsfenster, ob sie ihn vielleicht beobachtet hatte. Paranoid, wie an den anderen Tagen. Er musste etwas gegen diesen Zustand unternehmen. Sofort und gründlich. Rusalka würde erst am Vormittag wieder im Hotel sein. Sie saß in ihrem Seminar in der Uni. Auch die Alte vor ihm mit ihrem Hund an der Leine lebte zielstrebig in ihrem Tag. Nur er stolperte ziellos und haltlos durch die Welt. Die selbst verordnete Auszeit hatte sich zum Albtraum entwickelt. Liebend gern hätte er jetzt daheim in München vor seinem Computer gesessen, mit dem nahen Abgabetermin einer Arbeit auf dem Tisch, der alle Ausflüchte einstürzen ließ. Warum nicht? Was er brauchte, waren ein Laptop und der erste Satz einer Geschichte. Sollte er eigentlich hinkriegen und einen Laptop konnte er sich kaufen. Geld hatte er und diese Investition war vermutlich vernünftiger als jene in eine Wohnung. Mein Haus ist nicht von dieser Welt, es sind meine Geschichten. Pathetisch auch noch! Es war Zeit, dass sich etwas änderte, dass er selbst etwas änderte. Er ging zum Hotel und fragte den jungen Mann am Empfang, ob er wisse, wo er in der Stadt einen Mac kaufen könne. Der Mann kannte sich aus, hatte selbst einen Mac daheim und informierte ihn, wo ein Laden war und wie er dorthin kommen konnte. Kein Problem, der Bus von hier hält unweit des Geschäfts, braucht eine Viertelstunde. Cant wetzte in sein Zimmer, stopfte sich die Taschen voll Geld und war schon wieder draußen. An der Post tauschte er tausend Dollar, den Rest wollte er beim Laden tauschen, sobald er den Preis kannte. Der Bus kam auch gleich. Na also, ging doch! Allerdings wurde aus der Viertelstunde mehr als eine halbe, weil überall die Straßen verstopft waren. Cant saß am Fenster und schaute sich die Welt an. Hinter dem Carrefour bog der Bus in die Straße, die er gestern entlanggelaufen war, auch die war voller Autos und es ging langsam voran. Langsam genug, dass er ausgiebig seine Vorstadtmusikanten betrachten konnte. Sie standen in Bronze gegossen auf einem Parkfleck zwischen zwei Straßen. Keine Kneipe weit und breit! Nur ein Blumenladen. Er hatte metallenen Gesellen stundenlang zugehört! Rusalka hatte Recht. Weiber haben immer Recht. Wohl war ihm nicht bei dem Gedanken und er verstand, dass er Glück gehabt hatte oder anders ausgedrückt, sein Schutzengel hatte mächtig zu tun gehabt gestern Nacht. Immerhin gab es ihn und er war ihm nach Polen gefolgt. Brav! Der Bus querte die Weichsel und quälte sich weiter durch den Verkehr. Es ging das Hochufer hinauf zu einem Platz, an dem er aussteigen musste. Die Seitenstraße entlang, dort sollte der Laden sein. Er blieb kurz stehen, studierte den Namen des Platzes, irgendwas mit drei Kreuzen. Eine Kirche stand in der Mitte umtost von Blech. Plastik und Glas. Ein paar Touristen steuerten darauf zu. Er erinnerte sich an einen wunderbaren Nachkriegsroman von Tyrmand, der an diesem Platz spielte. Die schrieben nicht schlecht, diese Polen! Im

Apple Store fand er seinen Laptop. Der Verkäufer meinte, dass er auch mit Dollar bezahlen könne und nach einer Viertelstunde stand er wieder auf der Straße mit dem Karton in der Hand. Das war doch was anderes, als dieses Windoofgeeiere, wo du dich unter tausend Modellen entscheiden musst und anschließend immer noch nicht weißt, ob du das passende gefunden hast. Er ging die Straße weiter und schaute sich nach einem Mobilfunkladen um, weil er noch einen Internetstick brauchte. Das war etwas schwieriger, einmal weil die Verkäuferin nicht recht Englisch verstand, zum andern weil sie zehnmal nachschauen musste, ob der auch beim Mac funktionierte. Klappte aber, so dass er jetzt ausgerüstet war. Er hätte nun zum Hotel zurückkehren können, aber die Stadt hielt ihn fest. Die Feierabendzeit war angebrochen und immer mehr Menschen bevölkerten die Bürgersteige. Er kam zu einer großen Kreuzung, in deren Mitte eine mächtige Palme stand und brauchte einen Moment, bis er erkannte, dass sie aus Plastik war. Wär ja noch schöner, eine Palme mitten in dieser Stadt des Nordens. Bis ins neunzehnte Jahrhundert hinein hatten Polen, Russland die baltischen Staaten zu den nördlichen Regionen Europas gezählt. Dies gefiel ihm besser, als die politikverhunzte Aufteilung Europas in Ost und West. An der Ecke sah er einen Buchladen, davor eine Bushaltestelle. Die Leute standen aufgereiht in einer langen Schlange. Im Laden drinnen im Erdgeschoss, Zeitungen, Souvenirs, Schreibwaren und ein Regal mit Neuerscheinungen. Er lief die Treppe hinauf zum eigentlichen Bücherlager. Die Bertelsmänner hatten das Sagen im polnischen Verlagswesen übernommen und die Regale mit Bestsellerschrott geflutet, allerdings so hatte er im Internet gelesen, kümmerten sie sich auch um polnische Autoren, und in der Tat fand sich eine lange Buchreihe mit einheimischer Literatur. Der Springerkonzern, der im Zeitungswesen agierte, zeigte da anderes Format. In jenem Sommer, der in Deutschland zum Sommermärchen verklärt wurde, weil die Fußballer recht erfolgreich über den Rasen hechelten, versuchte die polnische Ausgabe der Bildzeitung einen Fußballkrieg zwischen den Nachbarvölkern zu inszenieren. Tags drauf reagierte das deutsche

Blatt und bald droschen die deutsche und die polnische Redaktion im Namen der beiden Völker feste aufeinander ein. Zweifellos eine clevere Geschäftsidee! Der Konzern machte tolle Umsätze und der Presserat, der sich eigentlich um dergleichen Machenschaften hätte kümmern müssen, fand alles okay. Vielleicht hätte man einmal nachschauen sollen, wie der besetzt war und wessen Interessen er vertrat, die der Leser kaum und jene der aufeinander gehetzten Fußballfans noch weniger. Aber es war ja ein Sommermärchen. Cant fand die Zeit zum Erbrechen.

Er durchstöberte die Regale nach deutschen Büchern und wurde fündig. Und wie! Neben der „Sentimentalen Reise" von Sterne in der Übersetzung von Michael Walter fand er eine dtv-Ausgabe von Döblins „Berge, Meere und Giganten", die er in München vergeblich gesucht hatte. Das hatte sich doch gelohnt! Er ging in den nächsten Stock hinauf in das Café dortselbst, um seine Schätze zu begutachten. Und weil er gesehen hatte, dass eine Treppe höher eine Toilette war, brachte er Bücher und Laptopkarton zu dem Mädchen an der Kaffeebar und machte ihr auf Englisch klar, dass er eben mal nach oben müsse. Sie zuckte mit der Schulter, das schien in der Altersgruppe verbreitet zu sein, und Cant erklomm die Stiegen zum Obergeschoss. Dort war besetzt und er musste warten. Der stämmige junge Mann, der schließlich herauskam, spreizte sich wie ein Pfau und ging stolz an Cant vorüber. Der beeilte sich, den Ort rasch wieder zu verlassen. Nicht, weil er befürchtete, dass sein neuer Laptop gestohlen werden könnte. Die Polen klauen keine Laptops, die Deutschen auch nicht. Sie fanden bessere Wege zum Glück. Ein Bekannter hatte ihm erzählt, dass bei E-Bay eine Zeitlang Originalverpackungen von Macs angeboten wurden, so raffiniert beschrieben, dass ein Unbedarfter, kann auch eine Unbedarfte sein, annehmen musste, dass ein Computer drinnen sei. Wenn dann diese oder dieser zum Zuge gekommen war und sich über den Schnäppchenpreis freute, trudelte nach ein paar Tagen der Karton ein. Alles korrekt und original, auch die Styroporstücke zur Trans-portsicherung waren vollzählig vorhanden und unbeschädigt, nur vom Computer keine Spur. Da behaupte doch mal einer, die Kreativen hockten nicht im Internet!

Cants Laptop stand wohlbehalten an der Bar. Er bestellte sich einen Kaffee und ein Stück Kuchen, versank in einem tiefen Ledersessel vor einem runden Tisch und schmökerte in Döblins Buch. Über eine Stunde blieb er sitzen, trank noch zwei Tassen Kaffee, bezahlte die Bücher, bis er sich endlich auf den Heimweg machte. Aus einem Lebensmittelladen nahe dem Hotel besorgte er sich noch ein Sixpack. Der junge Mann am Empfang schaute auf, als er sich schnaufend an ihm vorüberschleichen wollte. Natürlich hätte er sich gerne den neuen Laptop anschauen mögen, musste sich aber mit dem Kartonbild begnügen, weil Cant erst im Zimmer auspacken wollte. Ausgepackt, das Stromkabel angeschlossen und die Arbeit konnte beginnen. Der Mann schulterte seinen Bass und machte sich auf den Weg. Der erste Satz. Er würde den Abend erzählen, die Kneipe, ihre Gäste und das Spiel der Musikanten. Es war ihm egal, ob und wo das so stattgefunden hatte, wie er es beschrieb. Die Realität hatte sich der Fantasie zu beugen. Nicht umgekehrt. Als ihm früher einmal ein Holzfäller von einem Waldsee erzählte, an dem er in Vollmondnächten Wassernixen beobachtete, war das für Cant ebenso wahr und wirklich, wie das Forsthaus am Hang, in dem der Förster mit Frau und zwei Töchtern wohnte, der dem Holzfäller Arbeit gab.

Er saß beim Frühstück, als Rusalka zu ihm an den Tisch kam und ihm sagte, dass er zum Telefon kommen solle. Ein Anruf für ihn.
„Du hast ja tatsächlich eine Menge geschrieben."
Es war Marian.
„Barbara hat deinen Namen gegoogelt. Also wir machen das, wenn du dich traust."
„Klar. Kein Problem."
„Du bist ein seltsamer Vogel."
„Wieso?"
„Sagt sie."

„Bin ich halt."

„Und bis wann glaubst du, dass du es bringen kannst."

„Wann braucht ihr es?"

„So bald als möglich."

„Kein Problem, am Montag liegt es auf dem Tisch."

„Tatsächlich?"

„Sicher, geht klar."

„Wahnsinn! Und du meinst ich soll alles in die Wege leiten?"

„Tu das und Gruß an deine Frau von dem Vogel."

„Du, ich danke dir."

Als Cant auflegen wollte, hörte er wie die beiden redeten und Marian sagte:

„Warte mal! Sag mal, kannst du nachher mal rüber kommen? Eine Freundin von uns kommt gegen Mittag vorbei, die ist Juristin und Barbara meint, wir sollten es vielleicht mit ihr noch mal durchsprechen."

„Am Mittag, gut, kein Problem. Gegen Eins komme ich vorbei."

Er legte auf. Rusalka schaute ihn an.

„Gut geschlafen? Sie sehen heut besser aus, entspannt."

„Ich habe mir gestern einen Laptop gekauft. Ich habe die halbe Nacht geschrieben."

„Echt? Und worüber haben sie geschrieben? Über Polen?"

„Ach wissen Sie, die Welt ist gleich, überall wo Menschen sind."

Sie blickte skeptisch.

„Muss ja eine tolle Geschichte sein."

„Sowieso."

Sie wollte sich abwenden, verharrte dann.

„Ich fahre morgen zu meiner Babcia nach Kaniuki."

„Wo ist das denn, um Gottes willen?"

„Ein kleines Dorf in Polen an der Grenze zu Weißrussland."

„Na wunderbar."

„Sie können mich begleiten. Dort lebt ein Holzschnitzer, wie es sonst keinen mehr gibt."

„Was soll ich mit einem Holzschnitzer?"

„Wollen sie jetzt was von dem Land verstehen oder nicht?"

Sie stand aufrecht neben ihrem Computer und sah ihn empört oder eigentlich schon drohend an.

„Ja schon."

„Na also. Dann fahren Sie mit und danach reden Sie."

„In Ihrer Gegenwart traue ich mich fast gar nicht mehr zu reden."

„Ist auch besser, solange Sie nichts verstehen wollen."

„Aber warum ich?"

„Soll ich mir jetzt einen anderen suchen? In drei Tagen sind wir zurück, dann wissen Sie warum."

„So einfach ...." er verstummte, „also gut, ich fahre mit."

„War doch gar nicht so schwer."

Sie mochte ihn nicht, saß mit Marians Frau auf der Couch in einer Art Business-Freizeit-Look und musterte ihn abschätzend. Sie wurden einander vorgestellt und setzten sich. Marian erzählte, dass sie gerade über Augustow gesprochen hätten und dass nach neusten Spekulationen vielleicht gar kein Anschlag auf den Politiker stattgefunden habe, sondern es sich um eine Abrechnung im Drogen- und Prostituiertenmilieu gehandelt habe. Der Deutsche habe die Nacht über eine Frau im Zimmer gehabt, die sei, als er zum Frühstück ging, nach draußen gegangen und ein Zeuge habe beobachtet, dass sie mit einem der Männer gesprochen habe. Auf Russisch. Außerdem seien die Russen keineswegs mit gezückten Pistolen in den Frühstücksraum gestürmt, sondern erst als einer der beiden verletzten Leibwächter des Ministers seine Waffe gezogen und geschossen habe, hätten sie das Feuer erwidert. Dies behaupte ein anderer Augenzeuge. Offiziell werde dem widersprochen. Fakt seien die Toten und die Verletzten. Die Rolle des Deutschen bleibe mysteriös. Ein Geschäftsmann. Auf Reisen. Sonst sei nichts bekannt. Auch der Name nicht. Der überlebende Russe würde schweigen bis zum Sanktnimmerleinstag. „Its curious. Thats Poland", sagte die Frau auf Englisch, weil sie kein Deutsch verstand und auch Marians Frau Englisch sprach. Die Anwältin machte keinen Hehl daraus, dass sie wenig von dem Wohnungskauf hielt. Sie betonte die rechtlichen Risiken, schließlich war ausländischen Privatpersonen der Kauf von Immobilien immer noch untersagt. Lediglich für Geschäftsleute und Firmen galten Ausnahmen, und ein Geschäftsmann sei er ja nicht. Zudem sei es mit dem Kaufvertrag so eine Sache. Als Marian einwandte, dass Kaufverträge mit offizieller Summe in Zloty, bei denen man dann noch Dollar nebenher zahle, durchaus üblich seien, sonst hätte der Verkäufer dies ja wohl kaum zur Sprache gebracht, besser gesagt es zur Bedingung gemacht, gab sie dies zwar zu, sagte aber, dass die Finanzbehörden längst darüber bescheid wüssten und auch dagegen vorgingen. Man müsse sehr vorsichtig sein. Weil sie aber spürte, dass nicht nur Marian, sondern auch ihre Freundin das Geschäft machen wollte, stellte sich ihre Bedenken zurück und erläuterte, wie am Besten vorzugehen sei. Eine Spitze allerdings konnte sie sich nicht verkneifen und fragte Cant, ob es sich bei seinem Geld um Schwarzgeld handle. Der antwortete: „Its not black money. Its old money, which got lost." Er konnte sich ein leises Grinsen nicht verkneifen, weil er dachte, wenn du wüsstest Mädchen. Sie musterte ihn nachdenklich, zuckte dann mit den Schultern, also auch diese, und fuhr mit der Darlegung ihres Plans fort. Es stellte sich heraus, dass das Ganze rund 130 000 kosten würde. Bevor Cant gekommen war, hatten sie offensichtlich den Preis der Wohnung ein wenig angehoben. Sie hoffte vielleicht, dass er nun zurückziehen würde, und Marian schaute ihn fragend und entschuldigend an. Cant winkte ab und meinte, das habe er sich schon gedacht. Das sei kein Problem. Kurzes Schweigen herrschte am Tisch, alle tranken Kaffee, den Marians Frau inzwischen gekocht und aufgetragen hatte. Cant war wohl doch anzusehen, dass er sich über die veränderte Summe ärgerte. Sein kindliches Vertrauen zu Marian, hatte einen Knacks erhalten. Doch was soll's, es ist nicht mein Geld! Schließlich sagte er, wenn er sich etwas in den Kopf gesetzt habe, dann ziehe er das auch durch. Barbara fragte, ob er denn ganz hierbleiben wolle? Als freier Korrespondent oder was? Er antwortete, dass er sich das noch überlege und ganz so schlecht sei er nicht in seinem Beruf.

Das Reden plätscherte dahin, kam wieder auf die Wohnung zurück und Cant spürte erneut, dass es der Anwältin, auch wenn sie ihr Bestes zu tun versprach, mächtig gegen den Strich ging, dass er die Wohnung bekam. Aber sie war Anwältin und ein wenig verdiente sie auch bei diesem Geschäft. Cant mochte Anwälte nicht, schon in München hatte sich bei ihm die Überzeugung verfestigt, die Hälfte von ihnen gehöre hinter Gitter wie ihre Mandanten. Und die hier ebenso, auch wenn sie sich noch so seriös gab.

Als er dann ging und ihn Marian zum Fahrstuhl brachte, erzählte ihm dieser, dass sie selbst ein Auge auf die Wohnung geworfen habe und ziemlich überrascht gewesen sei, als Barbara ihr von dem Verkauf erzählt habe. Außerdem sei sie manchmal recht eigen. Aber sie sei sehr gut und würde dafür sorgen, dass die Sache ohne Probleme für alle über die Bühne gehe.

„Jetzt liegt's an dir."

„Mach dir keine Sorgen. Am Montag stehe ich mit einem Koffer voll Geld vor der Tür."

„Du bist irre."

„Wir beide sind es."

Sie gaben einander die Hand und Cant stieg in den Fahrstuhl. Als er den Knopf drückte, sah er durchs Glas wie Marian ihn nachdenklich musterte. Die Kabine setzte sich in Bewegung. Abwärts.

Am nächsten Morgen saß er im Zug nach Kaniuki oder so ähnlich, wo immer das lag. Eigentlich hatte er sich gestern im Internet informieren wollen, dies dann unterlassen und war stattdessen in die Stadt gelaufen und hatte sich eine kleine Reisetasche gekauft. Er hatte sich auch wieder in das Café des Buchladens gesetzt und gegrübelt. Er schaute seiner Begleiterin zu, wie sie mit Taschen und Tüten hantierte und sich dabei nicht helfen ließ, während sie alles im Gepäckfach verstaute. Sie gefiel ihm immer mehr. Sie redeten wenig, zumindest während der ersten Stunde der Fahrt. Cant blickte meist aus dem Fenster und betrachtete, wie die vorbeiziehende Landschaft, nachdem sie einen Fluss überquert hatten, allmählich immer hügeliger wurde.

„Ich bin eigentlich nur mitgekommen, weil ich dich mag."

„Das will ich doch hoffen."

„Ich bin jetzt fast zwei Wochen unterwegs und möchte mal zur Ruhe kommen. Vielleicht bleibe ich länger in Warschau."

„Ich könnte nicht in einem anderen Land leben. Ich brauch meine Leute, die Sprache, Gewohnheiten und Erinnerungen, die in der Fremde verloren gehen."

„Kommt darauf an."

„Dabei sprichst du nicht einmal Polnisch."

„Man kann alles lernen."

„Die Sprache vielleicht. Aber das Leben."

„Warum? Polen ist jetzt in der EU. Die Globalisierung frisst uns alle und macht unser Leben gleich."

„Das glaube ich nicht."

„Warts ab. Noch ein paar Jahre und es lässt sich kein ein Unterschied mehr feststellen. Im Gegenteil: Wenn ich durch das Carrefour laufe, stelle ich fest, dass ihr inzwischen bessere Konsumenten geworden seid als wir."

„Das sind Äußerlichkeiten."

„Nicht nur, schau nach Deutschland. Wir haben jetzt eine Kanzlerin, die in der DDR groß geworden ist. Sie hält sich für eine perfekte Demokratin."

„Vielleicht ist sie es."

„Stimmt. Fragt sich nur, was sie vorher war."

„Ein junges Mädchen mit Träumen und Wünschen, das an das glaubte, was man ihm erzählte und was es sah. Wie alle in diesem Alter."

„Und warum hat sie das vergessen?"

„Hat sie es?"

„Scheint so."

„Die Menschen ändern sich."

„Passen sich an, um etwas zu erreichen, und verlieren sich. Ich mag sie nicht, traue ihr nicht. Aber das ist etwas anderes und außerdem sollten wir nicht über Politik reden."

„Über was dann?"

„Wo fahren wir eigentlich hin?"

„Heim zu meinen Eltern und dann weiter zu meiner Oma."

„Du willst mich deinen Eltern vorstellen?"

„Die sind noch eine Woche in Griechenland."

„Ich sag doch, die Globalisierung greift um sich. Die Polen reisen nach Griechenland."

„Mein Vater ist Jurist und hat seit seinem Studium von dieser Reise geträumt."

„Dann ist mein Reden ein bisschen frech."

„Eher ahnungslos."

„Dem abzuhelfen, hast du mich mitgenommen?"

„Auch."

„Auch?"

„Jeder bekommt eine zweite Chance."

Sie zuckte mit den Schultern, wie üblich, und lachte.

„Kaniuki wird dir gefallen."

„Alles klar."

Sie schnappte sich ein Buch aus ihrer Tasche und fing an zu lesen. Cant schaute weiter aus dem Fenster. Sie gefiel ihm, die Fahrt.

Vom Bahnhof nahmen sie den Bus und Cant verstand, warum sie ihn mitgenommen hatte. Er war ein guter Packesel und machte sich gut neben den anderen, von denen einige ihren ganzen Hausstand mit auf die Reise genommen hatten. Rusalka strahlte ihn an. Der Bus verließ den von Hochhäusern umstandenen Bahnhofsplatz und fuhr in eine lindengesäumte Kleinstadtstraße mit breitem Fußgänger-weg, an hübschen Bürgerhäusern vorbei, die im Erdgeschoss Läden bargen. Die ganze Stadt schien auf den Beinen. An einer langgezogenen Haltestelle im Zentrum stiegen sie aus. Sie liefen über einen leicht ansteigenden blumenbestandenen Platz durch einen Torbogen und kamen auf einen gepflasterten Weg, den dreigeschossige Mietshäuser säumten. Beim vierten bogen sie rechts ab und nachdem Rusalka umständlich die Eingangstür aufgeschlossen hatte, ging es in den ersten Stock hinauf. Diesmal waren drei Schlösser zu öffnen. Vom kleinen Flur führte rechts eine Tür ins Wohnzimmer. Als Taschen und Beutel abgestellt waren, schnappte sich Rusalka einen und sagte:

„Ich mach uns was zum Essen. Der Bus zu Babcia fährt erst am Nachmittag."

Sie verließ den Raum, schloss die Tür und ließ ihn alleine. Er trat zur Fensterfront und schaute durch die Balkontür hinaus auf den Innenhof. Dort sah er einen Spielplatz mit zwei Sandkästen und einer Schaukel. Auf einer Bank saßen zwei junge Mütter und sahen ihren spielenden Kindern zu. Eine Krähentaube spazierte auf einem festgetreten Weg und pickte und machte sich mit einem Regenwurm auf zu einem Weidenbaum. Alles lag im Sonnenlicht. Cant drehte zurück in den Raum und setzte sich in einen der drei Sessel um einen schweren Couchtisch. Es war ein gemütliches Zimmer mit einem alten Sekretär, einem vollgestellten Bücherregal und einem Vitrinenschrank, in dem alle möglichen Gläser blitzten. Alles erzählte vom ruhigen Leben in dieser Wohnung. Cant rieb sich die Augen. War schon müde vom Tag. Irgendwie kam ihm das Draußen unwirklich vor. Herbert, ob er nun im Sarge lag oder sich in der ersten Stadt in Litauen amüsierte. Er wollte nicht darüber nachgrübeln. Da war nichts, was er ändern konnte. Was sie nur machte, draußen vor der Tür. Er starrte das blinde Glas des Fernsehers an, die Fernbedienung lag auf dem Tische. Jetzt gegen Mittag sollten Nachrichten gesendet werden. Was solls. Alles Unsinn, andere Gedanken mussten her.

Er war eingedöst, als sie das Essen brachte.

„Du bist ja ein seltsamer Gast."

„Wo ich mich wohl fühle, leg ich mich nieder und schlafe ein. Ich habe Vertrauen zur Welt."

„Es gibt Bouletten, Kartoffeln, Gurken mit Sahne, ein Bier war auch im Kühlschrank."

„Dann ist ja alles perfekt."

Er hasste Bouletten. Seine Mutter hatte sie stets mit Dutzenden von Semmeln gemacht und die klebrige Masse schob er stundenlang im Mund hin und her, bis es ihm endlich gelang, sie hinunterzuschlucken. Grauenhaft! Rusalka hatte offensichtlich bloß Hackfleisch genommen und dies gut gewürzt. Er sah, dass sie den Gurken mit den Kartoffeln mischte und machte es ihr nach. Nicht schlecht!

„Schmeckt gut. Dich kann man heiraten."

„Tatsächlich? Ich dachte, du bist einer, der davon gar nichts hält."

„Ich habe noch nie darüber nachgedacht."

„Wenn du so schreibst, wie du flunkerst, so sagt man doch, kannst du viel Geld verdienen. Ich geh jetzt abspülen."

„Da kann ich helfen."

Sie schaute ihn an, zuckte mit den Schultern und sammelte das Geschirr.

„Erst nach der Hochzeit, du darfst dein Bier austrinken", sagte sie und verschwand beladen aus dem Raum. Cant blieb sitzen, stemmte sich dann hoch und ging zum Bücherregal. Mit einem Bildband über die Stadt und die Region setzte er sich wieder hin. Er vertiefte sich in die Seiten mit tollen Aufnahmen von einem Wolkow, dass er gar nicht bemerkte, dass sie offensichtlich schon ein paar Augenblicke an der Tür lehnte. Sie räusperte sich.

„Wir haben noch Zeit bevor der Bus geht. Magst du Kaffee oder willst du lieber mich?"

Danach stützte sie den Kopf auf die Handfläche und betrachtete ihn.

„Du gefällst mir viel besser, wenn du dich entspannst."

Sie sah seine Miene und lachte.

„Ich meine jetzt, hinterher."

„Ist das nicht der Sinn?"

„Schon, aber ich habe das noch nicht gesehen und es gefällt mir immer besser."

„Wie soll ich das verstehen?"

Zuckte sie jetzt mit den Schultern oder nicht, als sie sagte:

„Roll me over, lay me down and do it again."

Später, viel später, sind sie unterwegs zum Bus. Eingehüllt in die Wolke und beladen mit mehr Gepäckstücken als vor ihrem Aufenthalt. Rusalka ist es gelungen, immer Neues zu finden, das sie der Großmutter mitbringen will. Vorne am Platz, an dem sie vor ein paar Stunden ausgestiegen sind, gehen sie an Bänken vorbei, auf denen nun zahlreiche ältere Leute sitzen. Um sie herum stolzieren Taubenkrähen, die Beute suchen. Sie klettern in den Bus, verstauen ihre Taschen und setzen sich nebeneinander. Der Fahrgastraum ist nur halb besetzt. Zu früh für die anderen um in ihre Dörfer heimzufahren. Cant legt den Arm um Rusalka, die sich an ihn schmiegt. Die Welt ist verloren und mit ihr die Angst vergangener Tage und jene, die zukünftige bringen mögen. Sie reden nicht miteinander. Liebe ist geschehen.

Nach einer Stunde sind sie am Ziel ihrer Reise.

Ende